AF493338

Grunge (1984)

di Alessio Miglietta

10th Anniversary Edition

Proprietà letteraria riservata

Nessuna parte di questo libro può essere utilizzata, riprodotta o diffusa, con qualsiasi mezzo, senza alcuna autorizzazione scritta.

ISBN 978-88-98017-30-0

Alessio Miglietta

GRUNGE (1984)

10th Anniversary Edition

Prefazione

Grunge (1984) di Alessio Miglietta è un'opera ambiziosa, eccentrica e al contempo raffinata.

Racconta il nostro tempo, ma lo fa la consapevolezza di una voce fuori dal coro, un flusso di coscienza ordinato che non teme il confronto e non è obbligato a seguire alcuna strada già percorsa, così come il grunge fece nel panorama musicale.

Un racconto epistolare dalle tonalità crepuscolari, distorte, in cui le emozioni vengono amplificate attraverso uno stile asciutto e disarmante. Il disagio di un ragazzo alla ricerca della sua personale vibrazione nel mondo, pronto a disfarsi della prigione di conformismo che lo opprime. Una prosa poetica che conduce nel labirinto di pensieri del protagonista, al limite dell'esplosione, in bilico sul confine onirico dei propri desideri. Le parole esprimono, con la stessa potenza di un assolo elettrico, una richiesta di aiuto totalizzante ed estrema. Per raggiungere la salvezza eterna e la sacralità della vita, il protagonista s'inoltra in territori inconsci e oscuri, e in nome della libertà sarà disposto a sacrificare ogni certezza, senza piegarsi ad alcun compromesso.

Tra creazione e distruzione, Vita e Morte, Eros e Thanatos, emerge la voce di questo poeta visionario, immerso nel mare dell'Io dove si rischia continuamente di annegare, e allo stesso tempo in volo sopra la coltre di fumo del mondo, a sfiorare mete irraggiungibili, fatte di visioni nostalgiche, di sogni e aspettative disilluse.

Alessandro Vizzino

Definizione

Il Grunge, o Seattle Sound, è un genere musicale-emotivo legato al rock. Con il suo avvento negli anni '90 crea una spaccatura piuttosto evidente con il rock degli anni '80: la quasi completa rinuncia a sintetizzatori e tastiere, così come a qualunque tipo di effettistica "alla moda" sulle chitarre, il ritorno a strumentazioni semplici e d'impatto (basso-chitarra-batteria), la riscoperta delle sonorità degli anni '60 e degli anni '70, con un completo rifiuto del suono del rock da stadio degli anni '80 e una sorta di predilezione per i suoni distorti e rumorosi sono gli elementi che per primi risaltano, anche da un ascolto superficiale. Altro elemento catalizzante fra i gruppi grunge si può trovare nelle finalità di denuncia e nell'utilizzo dello strumento musicale come protesta contro l'establishment politico e culturale del momento. Volendo effettuare delle distinzioni del Grunge, si potrebbe dire che il rock dei Nirvana è più vicino al punk, mentre le varianti marcatamente Seattle Sound dei Pearl Jam sono vicine al rock dei Pink Floyd, quelle dei Soundgarden all'hard rock, mentre quelle degli Alice in Chains più vicine all'heavy metal.

I brani sono spesso inizialmente oscuri, ipnotici, fatti di strofe dove la voce appare sofferta, per poi sfociare in rabbiosi ritornelli urlati. La tradizionale forma-canzone "strofa-ritornello-strofa" (tra l'altro omaggiata/criticata spesso dal leader dei Nirvana Kurt Cobain) è assunta a schema privilegiato di un genere che punta direttamente al sodo, eliminando troppi fronzoli e tecnicismi. Le liriche trattano spesso di argomenti come la frustrazione di vivere, la tristezza, la depressione, la rabbia verso una vita vissuta passivamente, la ribellione. Non è disdegnato tuttavia un certo senso di ironia quasi grottesco nell'affrontare queste delicate tematiche. Tanto che le liriche di gruppi come Pearl Jam, Alice In Chains, e gli stessi Nirvana, vengono archiviate come notevoli prove di poesia contemporanea, elemento che assieme alle voci peculiari del parco seattleliano, concorsero nel creare quell'effetto magnetico che caratterizzò le migliori canzoni del genere.

1

Sfuggente. Volubile. Curioso. Intelligente. Assetato di sapere. Sforno idee nuove. In parte impermeabile a certi dolori della vita. Versatile. Estroso. Inventivo. Bugiardo. Sensibile. Emotivo. Mutevole nell'umore. Desideroso di libertà. Grande spiritualità. Imprevedibile. Apparentemente superficiale. Inaffidabile. Fantasioso. Trascinante. Bipolare. Non cerco, né sollecito, il dialogo. Nervoso. Stressato. Capace di farsi perdonare e accettare. Raffinato. Cerco persone intellettualmente diverse. Egoista. Indipendente. Vita movimentata. Gentilezza composta. Spirito d'adattamento. Affabile. Stimolante. Fascinoso. Forse, un giorno, di successo. Ironico. Dispersivo. Incostante. Confusionario. Non mi accontento mai di ciò che ho. Dinamico. Indeciso. Intuitivo. Impulsivo. Brillante. Vivace. Flessibile. Protettivo. Mai banale. Egocentrico. Irrequieto. Alla moda ma non troppo. Disinvolto. Mente acuta e brillante. Sensuale. Sessuale. Amo innamorarmi. So recitare, smitizzare, ironizzare. Sentimentale. Malizioso. Stravagante. Escludo i rapporti troppo facili. Mentalità maschile. Sicuro. Elegante. Solitario. Difficile da conquistare. Ribelle. Femminile. Buio. Musicalmente attivo. Fuori da ogni schema. Passionale. Sarcastico. Prezioso. A volte *grunge*. Amo il mare. Emozionale. Alternativo. Alternato. Alter Ego. Sogno di libertà mai tramontato. Semplicemente fantastico. Eppure a volte, ma solo a volte, ho paura.

Ho fatto un sogno. Ho fatto un sogno che mi ha turbato. Ho fatto un sogno che mi ha turbato e mi ha lasciato. E già mi sento strano, perché non lo ricordo nitidamente. Mi sono alzato dal letto con poca convinzione, ho fatto un giro per la casa non trovando nessuno, buona notizia. Mi sono preparato un caffè in una moka che ne offriva sei. Ma l'amarezza di quel sogno ormai sfuggito non mi ha lasciato un istante di tregua. Fuoco alto sotto la moka, fuoco spento dentro di me. Odore di caffè. Caffè nella tazzina, una volta. Due volte. Tre. Quattro. Cinque. Sei. Senza zucchero.

Sei tazzine piene, tutte in fila, come a una processione. Una sigaretta disposta in verticale ogni due tazzine, con la bobina aderente al tavolo in marmo.

Mentre gustavo il caffè, il mio sguardo è inciampato su un settimanale, con in prima pagina un'intervista a Roberto Saviano, autore che stimo, anche senza conoscerne l'età. Leggo l'articolo, piano piano, e scopro che ha trent'anni ed è ricco, famoso e affermato, non credo certo che abbia i miei stessi problemi, e io non ho i suoi. Vive sotto scorta, la camorra lo vuole morto, per il suo romanzo d'esor-dio, un *best seller*, un'opera che denuncia, che assale, che fa nomi e cognomi, e che scala le classifiche, mentre riempie le tasche dell'autore. La denuncia è l'anima di *Gomorra*. Penso a Saviano e al fatto che a trent'anni sia già ricco, famoso ed affermato.

Poi penso a me, al mio ostinarmi a seminare con sogni e passione un terreno incoltivabile da anni. Affianco le due immagini mentre bevo il secondo caffè. E inizio a piangere, come un bambino disperato. Credo di non aver mai pianto tanto in vita mia.

Sigaretta. Lacrime placate. Caffè, il terzo.

Come avevo scritto in una mia antica poesia, *mi ritrovo in questo corpo da uomo qualunque e in questa vita che fa schifo, e non trovo la strada*. Silenzio. Caffè. Sigaretta. Bruttissima sensazione di stasi e abbandono che mi avvolge. Il sogno che torna in auge, ricordi sfumati. Caffè. Caffè, ormai freddo. Sigaretta, e ricordi più nitidi, tra le volute di fumo. Eccolo il sogno.

Il compleanno dei miei trent'anni, festeggiato in un contesto molto informale, con pochi amici, poi in solitudine, appena dopo aver timbrato il cartellino all'uscita del turno di lavoro.

– Ma domani attacco presto, non posso fare tardi – dico nel sogno.

Mucchi di vecchi testi sulla mia scrivania impolverata.

– Avevo pensato di buttarla, quella scrivania – penso nel sogno.

Ritorno in me, e il caffè è finito. Fanculo. Sigaretta. E altre lacrime, che immergono la paura di non farcela, di non essere abbastanza geniale. Ma so benissimo che non è così.

Un cumulo di macerie dopo un terremoto. Ecco cosa resta di me alla fine di ogni cosa, in un contesto di apparente lontananza *progressive*. Ripudiato dalla mia stessa vita, rinnegato dalla luce e dalla fortuna, fustigato da dubbi e paure, la mia mente inquieta raggiunge un nuovo, altissimo livello di accecante illuminazione, e allo stesso tempo di instabilità. E diviene meschina, come una donna gelosa e colma di rabbia.

Ho paura davvero, e il futuro ignoto si specchia nel passato frustrato, frustrante. Sto soffrendo, provo un continuo senso di schiacciamento dentro lo stomaco, e un peso che non riesco a muovere da lì, con la mente labile già pronta a compiere la prossima mossa. Ma la prossima mossa è sempre prevedibile. Fin troppo prevedibile. Forse è il grido della mia coscienza, soffocato tante volte, forse è la paura di non sapere cosa potrebbe succedere se gettassi la spugna, se scappassi via. Sento troppa pressione, riesco a sudare freddo anche in un'estate torrida come questa.

Il mio cuore va in frantumi, per la mancanza di me stesso, per il fatto di non poter evadere quando ne ho bisogno. La mia immagine preferita è quella di un ragazzo semplice, sereno e spensierato, con la battuta sempre pronta e la testa fra le nuvole, ma è solo la punta di un gelido iceberg.

Mi sento triste e tremendamente insoddisfatto. Spesso mi guardo indietro e non vedo niente, penso a come sarò io e come sarà il mio futuro, e non vedo che buio, mi guardo allo specchio e mi viene da piangere. Guardare negli occhi se stessi fa sentire fragile, giudicabile, inerme, e ci vuole appena un minuto per poter decodificare il proprio ego, fonte di attriti con il mondo circostante, e di analisi prive di ritegno. Oggi ho pensato alla mia vita, ad ogni passo percorso finora, vorrei avere una gomma da cancellare per poter far tornare bianco ogni angolo di questo foglio, tracciare nuovamente la rotta, e cercare ciò che realmente voglio, riscrivendo la mia storia. Voglio pensare soltanto a me stesso, senza paura del giudizio degli altri, senza essere nebbia, senza consumarmi come un fuoco all'al-ba. Tutto il resto non mi interessa, non lo voglio. E non voglio nessuno che mi stia dietro, che faccia finta di preoccuparsi per me, che creda di sapere qual è la mia strada, che mi inquini. Nessuno conosce realmente la mia storia, la mia sete di libertà, le vittorie e le sconfitte che mi porto dentro, nell'anima e nella memoria, la costante reattività dei miei pensieri. Sembro un cubo di Rubik per intellettuali. Sono imprescindibile per me stesso, e voglio iniziare a raccogliere tutto ciò che mi riguarda, non certo quanto ho seminato, ma quanto sono riuscito a perdere e a farmi portare via.

Sono nel luogo che ha concepito tutti i miei pensieri, uno spazio sacro come una chiesa e privato come una stanza d'albergo. Il mio cuore. Il cielo è la mia mente, e ogni stella è una frase apocrifa che emana luce già spenta migliaia di anni fa. Non c'è più posto per nessuno qui tranne che per me, l'unica persona che mi ama davvero e che voglio amare con tutte le mie forze. E qui voglio giacere, con il sogno tra le mani, per finire il percorso, consapevole di non saperlo finire. Non voglio morire in attesa della vita, né vivere in attesa della morte, non voglio una vita anonima, non voglio arte morente, ma qualcosa di più radioso, e fantastico.

Voglio essere la volpe che arriva in cima alla vigna ed assaggiare l'uva creduta acerba dai tempi di Fedro, e non pentirmi mai più di nulla. Ma, nonostante tutto, ho quasi paura di spezzare le catene che mi tengono prigioniero. Non voglio provare dolore, ma creare soltanto *amour* e magia, dopotutto sono sempre stato una brezza estiva, non un uragano, ergo voglio incantare, non distruggere. Ma ho bisogno di ritrovarmi, senza perdere altro tempo prezioso. La tempesta è dentro di me, e sta per rompere gli argini del tempo, dello spazio e delle emozioni che sono sempre più crude e nitide. Mancano sessanta secondi, che passeranno lenti come sette anni, mi preparo all'impatto con il mio ego. Devo mettermi al riparo, perché sta per esplodermi il cuore.

Ho paura.

Spero di salvarmi.

Fermo gli orologi lontano dal mondo.

Penso accuratamente. Quanto tempo ho sprecato per condividere la mia vita con gli altri… a cosa è servito? Sono davvero felice del tempo che vivo? La mia delusione ha prevalso sulla fiducia Fondendo come acciaio monotonia e false speranze, in un contesto di allucinazioni borghesi. Ogni minimo dettaglio ha perso il suo posto negli schemi abituali, rendendo ridicolo ogni sogno di fuga. Ne prendo atto, senza saper piangere. Il fiore oscuro, che custodisco in un'ampolla di cristallo, si è schiuso dal seme che lo ossessionava, nascendo più forte che mai. Cerca le mie mani per accoccolarsi, cerca le mie lacrime per nutrirsi. Non ha bisogno d'altro.

Penso a quella troia della vita. Chissà cos'ha ancora per me. Credo di aver saldato il debito in anticipo, e ora la scoperò con forza da dietro, tenendole i capelli, gustando la vendetta più calda possibile. In un istante quel fiore nero diviene più forte, e così anch'io, insieme a lui. Ho un motivo per essere eterno. Stop agli errori. Alle catene e agli indugi. L'ego ha un cuore più scuro e dannato. Il mio stesso sangue appare nero sotto la luce della luna. Un nuovo inizio mi aspetta al varco, dopo essere sopravvissuto alle fiamme sublimi del mio inferno. Sarò brillante, sarò malvagio e accattivante, come un killer, interrompendo il walzer delle stagioni con nervi saldi. L'alta marea è plumbea, riesce ancora ad affascinarmi. La pioggia mi fortifica, il sole sembra estinguermi. È il mio paradosso. Posso soggiogare l'ansia che mi pervade in una sola notte, come se sfogliassi una collezione di meravigliose amanti. È molto tempo che aspetto con falsa serenità. Scorgo i miei sensi, le mie emozioni di vetro dall'al-tro lato della barricata.

Cammino lentamente sulla spiaggia di nessuno, contemplando il mare dei sogni ormai spremuti e dimenticati. Cerco l'orizzonte e vedo il mio ologramma, fatto di amnesie. Avanzo senza paure camminando sulle acque. In un attimo riesco a governare il mio ego chimico e l'immaginario autonomo che lo controlla. Ogni pensiero vola via da sé, sbalzato dai venti, disperdendosi in questa immensità, distesa infinita di desideri allucinogeni. Soltanto adesso le mie mani congelate riprendono una forma che appare disegnata. A contatto con l'acqua salata anche il mio cuore di sangue e ghisa riprende a battere. Arrivo fino in fondo, toccando la linea del tramonto, dove il sole si rinchiude. Vedo il fiore oscuro con l'ampolla che lo contiene. Lo colgo, lo osservo da vicino, e mi manca l'aria. Pochi secondi appena, e sento di rivivere, di poterlo fare davvero, entrando nelle radici più profonde e irte della mia intimità. Ho strappato via la mia parte umana.

Quel fiore deve restare fuori di me per garantirmi l'essenza. Non sono nato per mescolarmi, ma per emergere, qualunque cosa accada. Arrivare sempre più su, fino a toccare il cielo. Solo così posso esistere, sentirmi vivo, decifrare i miei codici. Voglio percorrere la mia oscurità in preda al delirio. Proprio in quel sentiero, potrò vedere nitidamente i sospiri della Morte intorno a me, mentre appannano i miei vetri rotti. Non ne ho paura, mi affascina a tal punto che avrei voglia di toccarla, come una donna nuda, stesa su un letto colmo di petali di rose. Volteggia leggera in tutti i miei giorni, ma sceglierò io il giorno del nostro incontro, per non sentirmi debole né succube. Il mio tempo mi ha imprigionato, i miei silenzi mi hanno rafforzato, la vita mi ha fatto troppo male per lasciarla trionfare. Si dice che le persone muoiono perché soffrono e soffrono perché sono sole. Niente di più falso. Nella nudità concreta della mia intelligenza, conserverò una pelle più liscia e fragrante. Volterò le spalle al mondo che mi ha generato, in nome di una singolare forma di protesta. Scaverò nel buio, colorato di attesa. Lontano dalla mia anima fuori dagli schemi, mi sento pronto come non mai. Come fossi un superuomo.

Vedo una donna che ho amato per molte lune. La guardo negli occhi, e decido di abbandonarla senza un vero motivo. Ad altri sembrerei uno stupido. Un bastardo. Un genio.

Mentre mi allontano, per la prima e ultima volta le recito l'anagramma del mio nome, e può far male a una donna innamorata. Le dico *SEI SOLA*. Proprio come me.

E può ferire a morte.

2

Silenzio.
Nera poesia meditativa.
Tempo che scorre, inafferrabile.
Buio infinito.
Passano i mesi, lunghi come le raffiche di pubblicità che spezzano un film in prima serata.

Sono solo, e non mi capitava da un po'. Penso. I quartieri abili della mente accendono le luci, tra gioia, odio, tristezza e serenità, inizio a credere che tante persone soffrono fisicamente ma urlano di felicità, apprezzano la vita, invece altri come me si flagellano con fruste di sogni, fredde come serpenti. Non ho mai inseguito realmente i miei desideri, ho quasi paura che facendolo troverei troppe difficoltà, o che ne rimarrei deluso o insoddisfatto.

Mando giù un sonnifero, al buio, ho una lama di noia alla gola e leggo le mie poesie, mi anniento mentre ascolto il Natale. Pensieri attorno a un tavolo banchettano felici, un'altra notte ancora. È follia, farinosa come una mela, che pervade il meccanismo. Un cielo senza confini si specchia nel mare, che contiene le stelle riflesse, e poi nuvole, anime, inquietudini e pianeti circoscritti da un lenzuolo nebuloso, tela di vite statiche, fondamenta del Paradiso, gabbia di inutili preghiere. Un'utopia leggera come ossigeno.

Vorrei salire su un aereo e partire, andare via, lontano da dove sono, credo che ognuno di noi esprima un desiderio simile, almeno una volta nella propria vita.

Ti sei mai chiesto *ma che cazzo ci sto a fare qui?*, a me succede continuamente. Forse sarebbe più opportuno dire che la voglia di fuggire porti ad iniziare lì, piuttosto che terminare qui, nel mio caso nasce la paura di non aver ancora aperto le mie ali, come fossero state legate o spezzate. So che il mio è sognare troppo, ma vorrei davvero volare alto per sfiorare il cielo, solo per un momento, essere importante nel mondo e farlo cambiare, per esempio, con un concetto romantico. Sarà il mio ruolo?

Spesso la follia entra in me, mi sovrasta, e l'immaginazione scorre imperterrita facendomi del male, al di là di ogni rostro a cui è appeso ognuno dei miei sogni.

L'incapacità di intendere e volere la felicità, con uno strascico dannatamente ribelle, mi fa viaggiare contromano, in un'autostrada ricchissima di incognite e accordi di chitarra. Sono lunatico, introverso, caotico, ma a me piace così, forse dalla natura eccessivamente timida, luce tiepida di un mondo alla ricerca di se stesso, e sono consapevole dell'infinità delle mie doti. È il mio ego, demone reale che brucia il mio cervello, o che lo illumina, questione di punti di vista, ma che diventa malvagio in attimi invisibili, crea ansia e soggezione, nevrosi ossessiva di un vortice senza confini. E così mi annego, cullando il mio dolore. L'imperativo è sempre stato uno solo, aggirare le regole dileguandomi nella mia libertà di pensiero. Il sole attraente e caldo della primavera non mi splenderà contro finché non sarò capace di toccare il fondo della mia anima. Nell'at-tesa, ascolterò il mio cuore piangere a dirotto. Per giorni, per anni, o forse per una vita intera. Ma a testa alta. Sempre.

È cambiato molto da quando scrissi le mie prime righe su un pezzo di carta. Sono cambiato innanzitutto io, nei pensieri, nelle parole, nei respiri e nelle ansie più o meno giustificate, sono diventato un uomo che ha scelto la sua strada. È cambiato il mondo, nonostante tutto, e ne provo dolore. È cambiato il modo di pensare, sono cambiate le tradizioni e le priorità, il *People Power* e i pacchetti di sigarette, i metodi di comunicazione e la velocità delle generazioni.

È cambiato il concetto della parola *artista*, ubicato stabilmente in interpreti o mestieranti, se così vogliamo chiamarli, di una logorante farsa, che vagano tutti nella stessa direzione cercando soldi facili ed amplessi in progressione crescente.

Fuori piove, ed ho trovato romantico spegnere le luci della mia stanza. Ho acceso una candela, dopo aver messo su un disco dei Nirvana, *Nevermind*, ho deciso di voltare pagina, almeno apparentemente, ho passato dei mesi molto difficili, all'insegna dell'ansia, della paura, della soggezione, della mancanza di me stesso e di un po' di sostegno.

Oggi ho aperto gli occhi con la voglia di cambiare la mia vita, conscio del fatto che sarà difficile ma positivo a lungo termine. In un'alba o in un tramonto è possibile ritrovare se stessi, magari con una lettera da scrivere a tempo perso, e che mentendo agli altri, sapendo di mentire, indirizzerai, creando tutta la sorpresa nel far scoprire i tuoi pensieri passati.

Così è stato per me, dopo anni in silenzio ho scoperto un amico, cercando di scoprirmi senza invaderlo, per provare a parlare con più serenità a un apparente estraneo. Ho trovato una voce invisibile che si adattava alle mie consuetudini, e che si faceva sensibilmente complice ogni giorno di più.

Da allora ho scritto delle lettere che definisco *frangiflutti*, in cui parlavo del più e del meno con singolare disinvoltura, riuscivo ad accentuare ogni emozione che mi portava ad un me così lontano, con la memoria privata della luce di sempre. E mi sentivo sereno, perché avevo una sorta di pubblico che aveva sempre desiderio di ascoltarmi, di applaudirmi, e che non mi avrebbe mai criticato, qualunque cosa avessi detto. Ricordo di aver scritto con il sangue un paio di volte, forse per farmi indicare la strada che porta ad un sogno proprio da lui, il sangue artefice dei miei movimenti, il sangue con cui amo firmare alcuni contratti.

A volte ho chiesto di non rispondere ai miei scritti, forse perché non sapevo cosa dire, forse per un eccesso di timidezza, o per la paura di scoprire un'interruzione della comunicazione, ma un silenzio così freddo e pilotato mi ha ferito mortalmente. Da allora ho deciso di germogliare dal mio interno, senza la paura di avere delusioni giovani, che troppo spesso hanno scavato nelle mie ossa e nelle emozioni. Insieme a un inverno romanticamente schierato contro di me, il vento ha portato via tutte le mie parole, e ho tentato invano di ripartire. Riprendo da dove avevo lasciato, quindi, dal mare dell'Io. Lì ho quasi rischiato di annegare.

Dopo quasi tre mesi in apnea, conditi da un'irrefrenabile rabbia e da una frenetica e imbarazzante mancanza di idee, mi ritrovo, con l'estate alle porte, a recuperare e riassestare i frammenti di uno specchio che porta il mio nome.

Altro silenzio. Altra nera poesia meditativa. Altro tempo che scorre, inafferrabile. Altro buio infinito. Passano altri mesi, lunghi come le raffiche di pubblicità che spezzano un film, ormai in seconda serata. In poche parole, un anno di purgatorio. E in un anno possono succedere tante cose.

Prima del crollo ero fiero di me, per la prima volta nella mia intima totalità, mi sentivo desiderato, mi sentivo più bello che mai, a tratti invincibile. Un'aura di dannazione e genialità rivestiva la mia pelle, con un fascino quasi pungente, la mia forza interiore cresceva a dismisura come gli argini di un fiume in piena, giorno dopo giorno, ogni cosa sembrava finalmente giungere a compimento, andando al proprio posto.

Poi è cambiato qualcosa, come un fulmine a cielo sereno.

Ogni idea, ogni emozione si è liquefatta, come immersa nell'aci-do, quasi rassegnata ad un declino senza fine, precipitando in un baratro d'oblio creato dal nulla e dettato dal destino. In quell'istante mi sono smarrito, ho smesso di scrivere, di elaborarmi, di amare, con il terrore di aver perso la mia vita, quasi senza accorgermene, potrei dire di essere stato in coma, in condizioni gravi ma stabili. Ho sofferto molto in questi mesi trascorsi, forse troppo, nell'inutilità intravedevo il mio credo, frutto di aspettative dissolte al vento. Ho sempre cercato la perfezione, divenendone schiavo, ho lottato, ho vinto e poi ceduto, ho sorriso con la voglia di piangere, ho parlato desiderando di restare in religioso silenzio.

Con il cuore in tempesta e i sospiri in affanno, mi sono vestito di un dolore oscuro ed esagerato che non avevo mai provato, in modo inconsapevole e tremendamente violento, come uno stupro. Per me, abituato a una magica, misteriosa e affascinante malinconia, è stato un oltraggio che non ho mai accettato, al punto che una sera, con gli occhi persi nel vuoto e un lungo rasoio tra le mani, ho pensato di uscire di scena, come un divo. Accarezzando, con la mia follia, la sessualità umida della Morte, ricorderò quel vespro arcaico come un momento privato, quasi magico, in cui ho scoperto Jeff Buckley. Durante lo scorrere della scena più lugubre della mia vita, ho fatto una domanda alla mia immagine riflessa nello specchio.

– Perché devo soffrire sempre? Non ho più forze... non so cosa fare... ditemi che cazzo dovrei fare… sempre davanti a questo specchio del cazzo, a piangermi addosso come un coglione... sempre… qual è il mio vero nome, anima del buio? Ti prego vieni a prendermi...

Un brivido di silenzio, la quiete dopo la tempesta, il rasoio che cade a terra, insieme a una lacrima.

Gli occhi privi di vita, un pugno allo specchio intatto portatore di avversità, un sorriso placido, come fossi un demone offuscato e bisognoso di amore. Perché il problema è sempre stato quello. La mancanza di amore, la perdita di amore, il bisogno di amore, di amare e tremare. Amore. Quello reale, quello che si tocca, si innesca, esplode, cancella ogni cosa. O forse la crea.

Ho sempre voluto premere il tasto *reset* per cancellare la mia memoria, ripartendo da zero, dall'inizio. Accendo una sigaretta, una forte boccata per poi gustarla con lentezza, penso all'*amour*, penso ad una donna. Fa ancora male vederla, in quel parco di amori addormentati, quei capelli del colore del miele, le gambe lunghe, occhi di specchio e seni affamanti. Vorrei vederla nel mio letto con il nulla addosso, sensuale ed elegante. Ho voglia di scoprirla, di vederla gemere al mio cospetto, amarla per una notte e ridarla al parco che l'ha vista fiorire. Ma siamo due realtà diverse, cielo e mare, buio e luce, sogno e incubo, il bianco e il nero del nostro essere, lontananza astratta che non smette di stupirmi. Lei mi manca, è un sole alto che fa luce su una strada deserta.

Vorrei un'amnesia ciclica, per scordare il mio passato e ricreare ogni dettaglio, primi fra tutti me e lei. Dimenticando ogni giorno disteso su un vecchio calendario, potrei essere migliore, desiderarmi per ciò che sono in modo naturale, inizierei a smettere di odiarmi, probabilmente non sarei né un artista, né un'ombra.

Ma sarei felice, e tanto basta.

La felicità è il brivido di un attimo, probabilmente non può mantenere un alto livello di concentrazione nel sangue di ogni individuo, la vedo più come una scarica di adrenalina che, in ogni modo, va custodita e nutrita.

Ho imparato una cosa, bisogna lasciare che quel cuore in tempesta si fermi, e guardi oltre, che diventi amnesia, per riflettere il lato migliore di noi, guardando nella penombra con nuovi, intensi occhi. Ogni giorno è una farfalla, vorrei catturarne qualcuno per poterlo incorniciare, e ricordarlo con orgoglio, felice dei sentieri intrapresi, delle scelte fatte, senza mai pentirmi di un me stesso che cerca da sempre il giorno in più, lontano dall'odio, lontano dal dolore. Qualche volta è successo, e ho imparato ad apprezzarlo. E vorrei smettere di essere infranto, come un cuore o uno specchio.

Semplicemente.

Caro A.,

sono mesi che cerco uno spunto interessante da collocare tra le pagine di questo bianco foglio, ho passato giornate lunghissime, senza fine, a patire l'ansia e la follia, senza mai venirne a capo. Ho pensato di uccidermi, come ha fatto Kurt. Forse sbaglio, ma lo penso ancora. Non è una grande *ouverture*, vero?

Probabilmente, questo è uno dei tanti modi per depurarmi che la mia mente insegue ogni volta che legge i caratteri in codice del mio inconscio. Beata lei, in tanti anni io non ci sono mai riuscito.

Provo dolore, non riesco più a piangere e questo mi fa più male di qualunque altra cosa, osservo il mio silenzio tra le stelle del mio cielo, e invoco la Morte.

La vita è un rumore, e non chiedo altro che fermarlo in questo momento, è questo il mio desiderio.

Vorrei solo godermi un po' di pace e silenzio, cosa c'è di male?

Che dire, è un momento un po' così, forse soltanto tu sei in grado di capirmi. Ho vissuto migliaia di giorni in attesa, come per proteggermi da qualcosa o per punirmi a causa delle mie cattive azioni.

Eppure sopravvivo, dannatamente fiero e lugubre, consapevole di ciò che sono stato e di ciò che sarò, perché il presente è un soffio, un'ombra costante. Il tempo è il mio antagonista, ma lo levigo con cura per volgerlo a mio favore, dopotutto questa soffice vita è la mia, e niente potrà placare la mia sete di redenzione. A volte chiudo gli occhi, ed ogni cosa appare come un dettaglio lucidissimo di un disegno precedentemente definito e delineato, fatto di leggeri *flash-back* deliranti, di calma apparente e di sogni gettati al vento.

Provo a idealizzare il concetto di serenità che cerco, e che contemporaneamente serpeggia tra le mie paure più remote.

Posso così determinare gli elementi che inseguo da una vita: la scomparsa, l'oblio, una nuova combustione, l'*amour*, lei.

In un attimo posso ritornare in tutti i posti dove sono stato, anche solo per pura casualità, trovando alcune delle tante piccole risposte che, per non ferirmi, ho accuratamente trascurato.

I miei molteplici Io, allora acerbi, hanno intrapreso strade differenti e con il senno del poi, molto più a ritroso di quanto la mia lucente mente possa ricordare, posso dire che non ne sento la mancanza, sono cresciuto troppo in fretta per fare marcia indietro.

Ho colto anzitempo il fiore del pentimento. Ora sono un uomo nuovo, seppure con primitivi denominatori comuni.

Uno di questi è il fumo, cazzo, non sono mai riuscito a smettere, eppure un paio di volte, forse tre, è balenata in me l'idea di staccarmi dalle mie trenta, quasi quaranta, sigarette quotidiane.

Lo vedo come uno dei pochi vizi, o piaceri, che conservo, ma in fondo so perfettamente quanto rimanga un'illusoria debolezza. Fumare mi rende più fascinoso, e accentua la mia profonda immagine di artista. Sto cercando soltanto qualcuno che possa confermarlo.

Passo spesso da arrogante con i miei interlocutori, da egocentrico, talvolta da misantropo, ma non mi interessa, mi amo troppo per nascondermi ancora, ho trascorso così tanti anni sotto un'ombra che mia non era affatto, ora sono sbocciato e non provo vergogna, né dolore. Fiero verso gli altri e debole verso me stesso, che strana contrapposizione.

Ciò che intendo scrivere e descriverti sa di protesta, profuma di rivolta mediamente violenta, invece voglio semplicemente narrare una vita fugace, vissuta al *reverse*, i pensieri di un fanatico del suo genio, colmo di sogni e aspettative, uno degli ultimi eletti di una generazione di poeti.

Fondamentalmente io ce l'ho con la società che vivo, e in cui vivo, probabilmente è lei l'artefice di questo mio non-esistere, colpa della velocità delle sue movenze che troppo spesso confondono e convertono i miei sensi ed il mio umore.

Noti anche tu questa sensazione?

Eppure posso spogliarmi dinnanzi ad una folla, farmi colpire dove fa più male, cadere e rialzarmi con un sorriso di sfida, di nuovo cadere e ritornare in piedi, urlando il mio nome.

Sembra una maschera la nostra, sembra finzione, ma non tutti vedono quanto sia vero, stabilmente reale, lontano dal prototipo grottesco dei personaggi studiati a tavolino.

Persone come me e te sono uniche e irripetibili.

Vorrei solo l'occasione per svelare la mia oscurità, e sentirmi vivo ancora un po', ho sempre combattuto per quello in cui credevo, e non farò eccezione nemmeno stavolta, soprattutto mentre mi apro a te. Sento per un attimo le cicatrici cucirsi, i sogni resuscitare, le parole uscire da dentro l'anima, in un'eclissi totale di estasi quasi profumata. E pornografica.

In questa ottica dark posso catalizzare il concetto di morte e quello di *amour*, che sporadicamente volano di pari passo, a seconda della propria natura momentanea.

Ho sempre creduto che la morte fosse la liberazione da ogni sofferenza, non un senso di resa ma un atto di superiorità nei confronti dell'ignoto, della routine quotidiana che ci pervade, della vita stessa. È come un gioco di luci pseudofluorescenti, che parte dal bianco più puro, spazia in tutte le tonalità dei colori primari, poi in quelle dei colori secondari, per giungere inevitabilmente al nero oscuro, simbolo di pace e libertà. Di poesia.

Sotto l'ombra della morte ho visto l'*amour*, nelle sue vesti più eleganti. Lesto e dannato, fugato da ogni dubbio, nella sua forma primordiale reca danni invisibili e non convenzionali, in quel caso né io né te, possiamo arrestare la sua corsa nelle nostre vene, nel contesto *umano troppo umano*.

D'incanto, posso lenire i miei poteri, diventando vulnerabile e concettualmente folle, in pochi attimi che non hanno ritorno. Io posso vederla, lucidamente, è impressa nell'iride e nell'animo più profondo, non c'è nemmeno bisogno di scavare troppo, perché lei è lì, stesa sulla mia pelle nascosta, curiosamente fitta di mistero per l'occasione.

C'è stato un momento, forse più, in cui anime, mani, corpi, cuori e occhi si unirono, in una realtà rimasta incompiuta come queste righe che ti scrivo, come questo mucchio di anni trascorsi, come tutti i sorrisi accentuati senza sentirli miei.

Custode di sguardi, Conoscitore di uragani & musica rock, Entità tramortita da donne & tramonti, ecco alcune delle mie definizioni più celebri, mi etichettano come fossi un demone, ma capace di sognare, di innamorarsi e ricordare. Cosa ne sanno di noi?

Sento il mio profumo e il suo sapore intrecciarsi e correre, veloci come il vento e come il tempo, che troppo spesso hanno lasciato spazio al rimpianto. Il rimpianto, mescolato alla follia, al genio, è paradossalmente la nostra terapia del dolore, tanto per sottolineare quanto sia complessa e contorta la psiche umana.

Ma poi, quando la ragione prevale, è la fine, non credi? Immagino sarai d'accordo con me, anche tu hai amato se non ricordo male.

Sai, qualche tempo fa sono entrato nella tua stanza dopo tantissimo tempo, e ho provato una strana sensazione, una voglia particolare di libertà ed evasione, con la contemporanea consapevolezza di averla già nel palmo della mano. Mi piace come sei riuscito a sistemare ogni cosa, dalla libreria sulla sinistra, alle chitarre sulla destra, lasciate falsamente al proprio destino ma poste a guardia del tuo spazio inviolabile, come a delimitare i confini di un impero fantastico.

Ho curiosato tra i tuoi dischi e scorrevo fiero tra tutti i tuoi album preferiti, dai Doors ai Nirvana, dai Beatles agli Alice In Chains, dagli Oasis ai Soundgarden, ce ne saranno almeno mille in quella collezione. Ho notato i numerosi titoli dei tuoi film, i tuoi libri, devi essere davvero una persona fantastica, e non è per adularti, sei un cultore dell'arte che fa della musica il suo credo, e che ha moltissimo da dare agli altri. Si vede anche dai tuoi disegni fatti a carboncino, che gelosamente nascondi da occhi estranei ma che, con tanto orgoglio, mi hai mostrato. Li trovo meravigliosamente introspettivi, come le poesie che scrivi. Ogni cosa è intrisa di malinconia. Probabilmente senza arte sarebbe davvero difficile potersi esprimere in questo mondo di merda. Ti penti del tuo *spleen* ogni tanto, tenti di ripudiare la tua sottile vena di tristezza, come cerco di fare anch'io del resto, non lo nego, ma senza di essa cosa sarebbe di te? Ci hai mai pensato sul serio? Ascolta questo consiglio, devi mantenere il tuo stile e la tua eccentrica personalità, te ne devi fregare se non sei uguale a tutti gli altri, se non segui una moda, anzi, devi esserne orgoglioso, te lo dico come se tu fossi mio fratello. Sii sempre te stesso, vedrai che ne varrà la pena. Cerca sempre un sorriso in più, ma non lasciare mai la tua malinconia, mai, è lei il combustibile dei sogni e dell'arte, dei desideri e dell'*amour*, o di qualsiasi emozione dannatamente sincera. Non dimenticarlo.

Del resto, come dici sempre tu, *la poesia svanisce nei crimini della vita quotidiana, è una patologia della realtà attuale, ma ci sono più cose in cielo e in terra che nei desideri della nostra filosofia. Il Sogno è la risposta alle domande sul senso della vita.*

Il Sogno non è mai banale, mai ripetitivo, ogni volta accende un diverso emisfero dell'anima, e della personalità. Ma spesso rimane incompiuto. Come un quadro, come un progetto.

Come una storia d'amore. Sembra quasi profetico.

Proprio uno dei tuoi disegni raffigurante il mare mi ha lasciato in preda ad una sensazione di delirio, a partire dall'iscrizione *Every-thing Could Be Real,* nel mezzo delle nubi che creano la tempesta. Sembra un'incisione di vita in un cielo saturo di frustrazione. *Ogni Cosa Potrebbe Essere Reale,* immagino si riferisca al dolore, al potere che ha di concretizzarsi ogni volta che può. Sembra una sorta di omaggio, oltre che una vaga contrapposizione a John Lennon, e alla frase *Nothing is real* nella sua *Strawberry Fields Forever.*

Ho trascorso, serenamente libero e pensante, qualche ora sulla spiaggia l'altro giorno, prima che iniziasse a piovere, proprio grazie all'input che mi ha lasciato la visione del tuo disegno. Ogni onda che si stendeva sulla riva già umida sembrava la trasfigurazione di ogni mia singola paura, che faceva da contrappeso alla mia apparente calma. Ho provato un turbinio di emozioni, rabbia e stupore, angoscia e intimità, distrofia interiore e consapevolezza, mi sono riscoperto fragile, mi sono reso conto di respirare.

Ho pensato anche a te, in quei momenti, chiedendomi come tu possa fare a sopportare un peso così grande ogni singolo giorno, chiudendolo a chiave al tuo interno. Mai un lamento o una lacrima, una parola oltremisura. Anch'io ho cercato di conoscere sulla mia pelle, per la prima volta dopo interi anni, il peso della ragione. Forse è proprio lì, dentro di te, il motivo di quegli occhi spenti, di quel sorriso vacuo, di quella sublime e leggera malinconia. Eppure, come nel tuo caso, nella tua intima debolezza, trasuda una forza che mai avevo notato, addirittura sospettato che tu avessi. Sei un universo in continua evoluzione, e sbaglieresti a porti dei limiti, perciò non smettere mai di sognare, di amarti, di amare, di proteggerti. Segui il cuore ogni volta che puoi, perché la vita è lì, a portata di mano. Potresti davvero essere mio fratello. Sembra un controsenso detto da uno come me, ma la felicità esiste, ne sono sicuro, deve esistere, e se intendiamo la vita come felicità dobbiamo impegnarci a viverla. Sto ascoltando un pezzo di Jeff Buckley, pensieri e ricordi si assopiscono, come fossero in ipnosi. A volte mi sembra di nascere una seconda volta, spoglio del dolore, della coscienza, della conoscenza di entrambi i lati del mio ego. La voce sottile e malinconica di Jeff in *Mojo Pin* riga la mia anima, come per ridarle una forma che nel tempo è andata perduta. Penso a tutte le storie narrate dall'alba dei tempi, di donne e dei loro amanti, di schiavi e dei loro padroni, di saggi e del loro bastone, ma cosa è rimasto di antico in questa triste generazione per apprezzare la vita? Dopotutto è stato detto di no troppe volte, alla cultura, all'arte, alla pace, all'*amour*, all'ugua-glianza, alla giustizia, alla libertà, all'eleganza, alla lealtà, a se stessi, alle capacità, alle innovazioni ed alle tradizioni, paradossalmente negli stessi momenti. Questa epoca rappresenta, semplicemente, la resa dei conti. La gente non ha più le emozioni chiare, altro che le idee. Niente ha più il significato di anima, di conseguenza di vita, e quindi di felicità, e questo mi rattrista profondamente. A quali valori si può ancora aggrappare chi la pensa come noi? La verità è lontana, ma è più macabra e violenta che mai, vero A.? Vero Jeff?

Mi regalasti una poesia in una sera d'estate, la conservo gelosamente nel cassetto della scrivania del mio studio, mi aiuta a pensare a quanto in realtà ognuno di noi sia effettivamente solo e fine a se stesso, se inquadrato da una certa prospettiva. È un ricamo di introspezione sulla seta evanescente dell'attualità.

Quando tutto apparirà disteso, svuotato
potrò dire di poter vivere.
In quell'istante il mondo sarà in festa
per un nuovo inquilino.
Finalmente mi guarderò intorno
e cercherò altra gente, per gioire insieme
di un giorno così meraviglioso.
Suonerò alle case
urlerò a gran voce di unirsi a me
ma non udirò risposta.
Quando tutto apparirà disteso, svuotato
potrò dire di poter vivere. Ma sarò solo.

Non ti nego che ogni volta che leggo questa tua bellissima poesia rimango scosso. E piango. Talvolta, violentemente. Riesci a esprimere così bene la tua sensazione di riluttanza verso l'incompren-sione degli altri, che arrivi a infettare con il veleno del dubbio ogni occhio curioso di scrutare queste righe. Il tuo potere, oltre alla tua spiccata individualità, è senza ombra di dubbio quello del contagio, che sai diffondere con esuberante dinamismo e brillante oscurità. Il tema della vita è il tuo asso nella manica, la carta migliore con cui affrontare ogni partita. Ho pensato alle tue parole di molte lune fa, quando di fronte allo specchio, mentre provavi quella sottile cravatta rosso bordeaux su di una camicia nera (in perfetto stile Afterhours), mi hai parlato dell'esistenza e delle sue resistenze.

Dopo aver assorbito le tue parole, quella sorta di terremoto emotivo che hai illustrato con la minuzia di un decadentista, ho fatto le mie considerazioni. Come hai detto tu, la vita, per quanto schifosa sia, non è altro che una lunghissima partita a dadi, in cui ci si gioca la felicità e, molto più spesso di quanto possa apparire normalmente, si punta tutto. Parecchie volte si perde, in termini di fortuna, poca perseveranza, poca convinzione. Io aggiungo che bisogna solo azzeccare il punteggio giusto, e cazzo, il doppio sei prima o poi arriva. Basta avere un pizzico di fiducia, il coraggio di rischiare, personalità, un po' di culo. O al massimo, trovare il modo di truccare i dadi. Non è il tuo caso, vero? Ripensavo al coraggio di rischiare, nemmeno lo ricordo quando l'ho usato l'ultima volta.

Spesso mi sento impazzire perché sono consapevole di essermi lasciato andare, e rimango basito per un simile comportamento, la mia storia sarebbe dovuta andare in modo diverso. Sto scorrendo tra le pagine livide della mia vita, e non è di certo un bel viaggio. Poco fa mentre ti scrivevo ho iniziato a canticchiare *Help!* dei Beatles, poi il silenzio, come fossi stato fulminato dal tedio. *Illumination.* Mi sono accorto in quel breve istante che non ho mai chiesto aiuto a nessuno, nemmeno quando era necessario. Forse l'orgoglio, forse la paura, forse la consapevolezza che ho di me stesso, forse l'intro-versione, o la frustrazione nell'idea di dover decantare le mie manie come in una canzone, hanno fatto di me ciò che sono, un sognatore solitario tormentato dalle stagioni. In fondo, io sto bene qui, nel mio silenzio, dove getto sassi fatti di pensieri nello stagno dell'ego, probabilmente creo dei cerchi in quell'acqua, degli anelli invisibili che diventano matasse impossibili da sbrogliare. Ho sempre cercato di soffocare il grido del mio dolore e dei miei ricordi nel baratro dell'oblio, ma esso non esiste realmente, nessuno può abbandonare la memoria, non potremmo mai dimenticare le esperienze della nostra vita, belle o brutte che siano. Possiamo reprimerle, possiamo far finta di cancellarle, possiamo convincerci che siano smarrite, dimenticate, ma non sarà mai così, perché la memoria rimane, come la radice di un fiore. Anche per questo si fa ricorso all'ipnosi.

Cosa dire di più? Ho imparato a conviverci, come si fa con una malattia. Vorrei essere diverso, l'ho sempre sognato, ma non credo di esserne poi tanto sicuro. Forse la differenza sostanziale tra di noi è proprio questa, io da un certo punto di vista, ho abdicato come avrebbe fatto un re, ho cercato di rimettermi in gioco nel mondo, nonostante non ne avessi bisogno, per adattarmi ad una rosa più ampia di modi di esistere. Solo tentando di accettare i propri limiti credo che sia possibile. Però non mi sono mai reso troppo diverso da te, so già che questa sorta di gioco mi stancherà e che tornerò a splendere della mia luce, senza aver bisogno della cognizione altrui.

È un esperimento, insomma, che finora sta rispondendo alle attese, mi sento meno sensibile in un mondo insensibile, a tratti sono più debole di prima, ma quella debolezza emotiva sarà la mia forza nel mondo, e viceversa. Devo solo decidere quale lato scegliere, e non è facile, tu l'hai già fatto e non sai quanto ti invidio; del resto quando la notte chiama è bene che ognuno risponda.

Io sono appena riuscito a vedere la fine del tramonto, ho ancora un po' di tempo.

4

Caro A.,

sotto questo cielo solo pochi di noi sono delle stelle da osservare, c'è chi fa il pubblico e chi si fa orchestrare dai monsoni e dalle nuvole, come nel nostro caso. Oro e argento. Alba e tramonto.

Bisogna relazionarsi e mai pentirsi quando si guarda indietro. Tra queste righe ti esprimo il mio tormento; che sia per la vita, per un progetto o per una donna, non ha alcuna importanza. Sento il mio spirito poetico tornare in auge, come un Messia furioso.

Spesso ascolto inerme la velocità del suono, subito dopo quella del mio mutamento, lentamente progressivo, e quello della realtà, che fa da cornice a dei sentimenti senza colore. Senza più voce.

Invoco l'aria mentre immagino la quiete, chiudendo a chiave questa nostra attualità, per poter rinascere. Magari un giorno alcuni nuovi eletti potranno fermare il mondo con le proprie mani, sentendosi vivi, e in pace con loro stessi.

Con passi assenti, posso camminare in modalità *brainstorming* in una notte blu, scorgendo la vita soltanto per pochi interminabili istanti, rubando un sospiro fuori tempo alla mia sigaretta accesa.

Incompatibili con il mio cervello in preda ai *loop*, i miei pensieri amorfi possono prendere il volo, scavando il cuore, le labbra, la mente stessa. Posso decifrare ogni argomento, parallelo a una follia fugace che mi accompagna fedele, restando un innocuo prodigio astratto. Vivo di sogni, purtroppo o per fortuna, proprio come te, rastrellando gli incubi, privo di finestre o labirinti, di spigoli o confini, ammesso che esistano.

Chiudo gli occhi, scorgo un riflesso che dapprima appariva lontano, ma ora è incombente, mi stordisce. Il corpo oscilla sui binari dell'oscurità, probabilmente nulla sarà più uguale, immagino di bere del veleno pregiato da un calice di cristallo, per traghettarmi in mondi nuovi dove mi trascurerò per l'ennesima volta, alienando me stesso e scorgendo la paura.

Dietro quel riflesso osservo il mare, il baratro bluastro scrigno della mia anima inquieta, forse affonderò accompagnato da quella Morte – dal viso angelico, occhi di specchio, e seni stupendi – che non mi ha mai dimenticato.

Nonostante una calma enorme, provo un certo senso di inquietudine, quella del primo giorno di scuola, per intenderci, una sensazione che mi indurrà a obbedire inevitabilmente. Sarà amichevole, ma colpirà alle spalle, come la peggior nemesi.

Riesco a odiarmi, non essendo mai stato capito, forse per colpa mia, forse per colpa altrui; se non ti conoscessi e non ti avessi ritrovato dopo tanti anni, probabilmente non saprei con chi parlare di tutto questo. Ma sono spontaneo, e forse è il mio difetto, cosa posso farci? Posso dire che rimedierò, come quando ho la convinzione di essere felice (...), l'unica differenza è che quella spontanea serenità sembra un'illusione, che inevitabilmente scivola via.

La luce del sole mi illumina d'un tratto, mi ricorda com'ero, bello e dannato, mentre rimpiango il sogno ormai lontano di una notte d'inverno. Potrei dire che la mia malinconia scalda la mia psiche, il rimpianto la incendia. Questo è il mio ritratto dopo l'auto-ipnosi, e rischio di accecare chi mi guarda. Ma quando assopisco i miei occhi, specchi dell'anima, immagino miriadi di sguardi, concetti, stili di vita che si intrecciano con il mio. Spesso compare Jim Morrison, seduto sulla stella più luminosa del cielo. Ho sempre sognato di diventare come lui, astronauta geniale che ha sempre fluttuato in un mondo parallelo, tutto suo, in cui trovare un equilibrio.

Consapevole del fatto che *i mediocri imitano e i geni copiano*, posso sentirlo dentro il mio cuore durante ogni tramonto, sensazione che ho sempre tenuto stretta a me, nascosta dalle grinfie di questo tempo, e degli altri.

A volte penso realmente che lui viva ancora, dentro il mio corpo, manifestandosi ogni volta che sputo poesie, ogni volta che osservo il mondo, ogni volta che ho un amplesso.

È come un'ombra furtiva che si stacca da un muro, prima di accarezzarti le vene. È fantastico. Ricordo che anche tu mi parlasti una volta di un'esperienza analoga, riguardante John Lennon.

In ogni modo, Jim non è l'unico.

Forse è questo il mio reale maleficio, sentire uomini e donne vissuti in epoche differenti, che scalpitano e urlano da dentro l'anima, chiedendo di poter uscire e di tornare in vita un'ultima volta.

Un mondo sotterraneo piange sulle mie spalle, quando torna a splendere il sole non resta che un mistero da gettare nel mio oblio, quello del dio dei morti. Vedendo scendere come pioggia tutto il mio veleno, in quei fantasmi ho trovato la mia famiglia, fatta di echi talvolta tratteggiati, opachi, probabilmente frutto delle mie fantasie più remote, dei desideri lasciati in alto mare, delle tante pagine nere scritte con il sangue più vivo che abbia mai generato. Ma resto in piedi, come sempre. Guardo gli altri dall'alto della mia follia, intagliando cornici ampie con un legno invidiabile, colorato di antichità, profumato di tenebre templari, in un contesto magicamente fuori dal tempo. Forse è proprio questo uno dei motivi per cui detesto indossare orologi, fuggo le ombre di *cronos* e della vita, raggiungendo l'evasione più intima, dimenticando pensieri e ricordi seriali. Sovente il cuore trova pace, in quella selva oscura non è che un albero secolare, i cui rami sono invitati a danzare dal vento di primavera, nella corona di un campo di grano. E così un'emozione disinteressata mi bacia le labbra e scrive il mio monologo. Soltanto in quel misero attimo di lealtà verso me stesso, mi accorgo di poter respirare, senza indugi, senza misericordie, senza albe e tramonti che si rincorrono. Senza bisogno di oro e argento. Ma solo di sogni.

Quel cuore, insieme a me, cerca la metamorfosi, la sublimazione, nella culla armonica di una stirpe di nuvole. In quella stasi posso analizzare le mie lacune con razionalità, senza divenirne schiavo, pur sentendomi a disagio, riuscendo a invertire i miei giorni.

Posso osservarmi in un quadro che mi ritrae in tutta la mia bellezza, quasi fossi Dorian Gray, e invertire i ruoli, dipingendo cristalli sedati e vene morbide, iniettando al loro interno la stessa droga per cui sento di vivere, sangue pulito e vanità. Il mio cuore si divide in due, ogni volta che tento di reagire. Ho due sole opzioni per raggiungere l'amata indipendenza: uno specchio e la tregua, che l'uo-mo intellettuale definirebbe "abbandono".

La mia anima si assottiglia come la cruna di un ago, accarezza un pianoforte bianco e le mie pulsazioni, anestetizza i miei sensi. Provo piacere, posso godere in modo nobile, lontano da utopie inconsce e maledizioni azteche, da *self control* ed *ego pain*, riscrivendo il mio copione dalla prima parola. Potrei salvare ogni vita che desidero, inondandola di desiderio e di luce soffusa, ma non la mia, in quanto autrice/attrice ignara di una premonizione interminabile.

Nelle stelle ritroverò ciò che è andato perduto, forse per paura, forse semplicemente per scelta. E accadrà altrove.

Salviamoci, amico mio, non ce ne pentiremo.

È strano pensare a quanto sia cambiato questo mondo mediocre dagli anni '60, probabilmente la mia riflessività e tutta la sensibilità che accarezzo sarebbero andati di pari passo con la filosofia hippie, dove la ricerca di una vita migliore, l'importanza di ogni forma d'arte, l'amore, la natura e la libertà, insieme alla sperimentazione e la spiritualità, erano valori veri. In più, per chi non lo sapesse, c'era in circolazione l'LSD migliore di tutti i tempi.

Mi ritrovo imprigionato in questo corpo, sporco di peccati, in questa sporca società *hi-tech*, frutto di una generazione in cui non mi rispecchio, non mi so rispecchiare. Forse è colpa degli stravolgenti-sexy-maledetti soldi, forse dei politici, forse della Chiesa, o di noi stessi, chi lo sa? Probabile che l'umanità sia radicalmente cambiata. Fatto sta che quelli come noi restano ai margini del mondo, ma è proprio da lì che bisogna ripartire per poter ricreare l'impero, all'ombra del mio *j'accuse*.

5

Nasco su una nuvola nuova, diversa, una di quelle che si sono aperte tutt'intorno alla città. Mi capita sempre più spesso di rinascere, ultimamente. Fluttuo in un cielo dagli occhi d'angelo, e immagino di addormentarmi sotto l'ombra di un salice piangente, facendomi cullare dall'inebriante profumo dei tigli, e diventare parte della natura che mi ha generato. Precipito, come i sogni che ho visto cadere dalla mia finestra, e sento un vuoto nello stomaco mentre rientro nel grembo del mondo.

Guardo in superficie, adesso, nuoto sott'acqua e dentro me stesso, come fossi nel liquido amniotico, mi perdo nei fondali della mia anima allo stato embrionale. Non so uscire da questa prigione, baratro d'azzurro in cui sento che qualcuno mi odia e mi inquina, un po' come queste nubi dall'alto, che mi osservano, oscurando la mia gabbia invisibile, e la mia visuale. Piove, ma non noto la differenza, e sotto queste gocce tiepide ho paura di non vedere mai più il sole. Sfiorerò i seni delle barche addormentate, che scivoleranno su di me, nasconderò tesori e cadaveri, misteri e conchiglie, idrofite e poesie, prima di infrangermi. Su una scogliera di sogni. Guardo la mia ombra, adesso, e con essa il mio spirito di fumo, con cui mi confido e da cui mi nascondo, al tempo stesso, senza fuggire mai. Allucinazione nebbiosa dai polmoni freddi e curiosi, che si guarda in uno specchio, immaginandosi nel cielo, tra tutte quelle anime, collezionate come in un album di fotografie che non si impolvera mai. Quassù c'è un posto che nessuno potrà mai vedere, nemmeno con occhiali nuovi, il più bell'inferno privato di sempre, affascinante come un appartamento con vista sulla Pacific Coast, o sui paesaggi di Seattle. Ritrovo la luce in una selva oscura, capace di disperdermi nel vuoto, come il vento con i pollini leggeri. Ghiaccio e fiamme nuotano nella mia mente, ancora grondanti di amore ed eroina, di fulmini e armistizi. D'improvviso una voce scrosciante ricompatta tutti i desideri, abbandonati e accantonati in qualche angolo lontano della malinconia. Guardo in basso, in profondità, sospeso su una scogliera di sogni, che dona forma a tutte le mie più intime paure. Il mare sottostante continua a chiamarmi, imperterrito, così mi lancio nel vuoto, verso tutto ciò che non voglio conoscere. Bagno le mie labbra in astinenza, cotte dal sale e dal sole, con i bordi della lingua. Forse uno tra i sogni si avvererà, e mi sovrasterà minaccioso da ogni angolo del cielo, come una tempesta con pensieri in fila. E così, d'incanto, ogni cosa apparirà più semplice, come all'interno di un disegno. Sole e vento mi entrano negli occhi, come per possedere quest'anima incompiuta, e forse è la sintesi della mia vita, a cui dono le mie vene più pulite, per un'iniezione di aria e vino rosso, di plasma e fiducia, gli antidoti della paura. Una farfalla accende questa giornata d'autunno, nel suo monologo, asettica e pallida come la mia mente ormai svuotata. Vola in modo soffice, come fosse di cotone, e io la osservo silenzioso, fingendomi ancora parte di questo verde immenso e splendido. Si avvicina a me piroettando entusiasta intorno alla mia testa, come fosse un pensiero, fino a planare sulle mie labbra in cerca di aiuto, posandosi delicata sui miei sospiri gentili.

Le foglie che cadono dagli alberi come stelle, e poche gocce di pioggia, spargono e fissano nell'aria l'odore di terra umida. Io la respiro, sereno, come se riprendessi tutto il mio ossigeno sprecato. E così, quando riesco a percepire il suo bacio, allora non mi importa più di niente, ogni cosa appare di cera, sintetica e distorta, così vicino a tutto quello che non ho mai voluto conoscere.

I miei lamenti essiccati ed evaporati lasciano il segno su lacrime che ho già lavato via. Cose che ho sempre voluto avere accanto al cuore, cose per cui respirare, a cui potermi aggrappare. Come una scogliera di sogni, in un monologo d'autunno. Tra poche gocce di pioggia.

6

Caro A.,
voglio nascere di nuovo. Lo pretendo.
Ho scoperto un universo quasi inesplorato nella mia mente, un posto

in cui potermi sentire ancora vivo, e lo sono stato solo per pochi minuti. Ho visto la strada da cui sono venuto, senza vergognarmi, appena prima che tornasse a nascondersi al di fuori del mio campo visivo. E ora mi sento in pace, consapevole che tutto ciò che provo è un'ora di purissima aria fugace nella mia quotidiana prigionia.

Sto tornando in cella e mi sento più bello, dannatamente orgoglioso e carico di energia da donare alle mura che mi rinchiudono, energia positiva che sa di novità, facendomi sentire sovrannaturale.

Sono stato una nuvola di sentimento contraddittorio ma vivo, ed è stato fantastico. Un giorno di rinascita, era tutto ciò che chiedevo, e si è avverato, magicamente, in modo ignaro e intrigante, senza preghiere o richieste particolari. È nato tutto così, all'improvviso, e dopo tanto tempo sono felice anche io, libero da rimpianti o malinconia, da crisi o lacrime. Ne voglio ancora, un altro attimo di follia.

Ho visto un mondo nuovo nella mia testa, dove tutto appare più semplice e irreale, dove basta tendere alle cose belle, alle passioni, per avvicinarsi al proprio sole. Avvicinarsi alle persone e alle cose che ti fanno stare bene sembra facile, ma non sempre è così, perché trovare questa dimensione in un ego sensibile come il mio è come risolvere un'equazione complessa con troppe variabili. Ma basta conoscersi il più possibile per capire davvero cosa si vuole. Il segreto è la libertà. Essere liberi vuol dire poter scegliere, ma per scegliere lucidamente bisogna sapere cosa si ama. Io sono per il detto "la conoscenza è la vera libertà", anche se a volte sembra il contrario, perché ho bisogno di avere la tela più bianca possibile per poter disegnare ogni minima sfumatura delle cose che ho scelto. Quella tela è la mia vita, e voglio dipingerla con i colori più accesi, lontano dal nero, lontano dalle mie trincee, dai miei spettri, dai miei incubi, lontano dalle mie prigioni. Lontano da me stesso, per certi versi. Penserò in seguito a scegliere. A schierarmi. A confrontarmi.

Perso tra la luce e l'oscurità, cerco di capire ciò di cui ho bisogno davvero, tenendo nella mia mano calda una lama che sa di libertà, cercando il coraggio, la visione, il momento giusto per dire una frase semplice e fredda, quella che cerco da sempre. "Non ho bisogno di niente". Ho voglia di distruggere tutto ciò che ho costruito, conscio che è così poco che mi mancherà, e che ci vorrà un istante per farlo risorgere in modo suggestivo. La ragione per cui vivo è così remota che fatico a individuarla, e tutti i miei buoni propositi dei giorni scorsi ora sembrano uno scritto impolverato di Schopenhauer. Ho bisogno di Nietzsche invece, voglio accettare la vita, per quanto schifosa sia, ma senza fermarmi come uomo, come essere lucido e dotato di viscere e intelletto. Invece mi ritrovo nel mio baratro preferito, nella brusca pulsione suicida che mi avvolge nei giorni dispari, accompagnato da Kurt e dalla potenza dei Nirvana. Voglio volare ancora una volta, anche adesso, ma nel cielo più blu, coricato su una nuvola, per fermare questa cascata di lacrime inutili, invisibili, falsamente retrattili. Mi sento come se fossi uscito da un coma profondo, fuori dal tempo e dalla mia quotidianità lucente, ne vivo una molto più oscura e disperata. Non ne posso più, come faccio a uscirne? È la domanda di sempre, che sorge con il sole ogni volta che mi sveglio, che mi guardo allo specchio, ogni volta che mi sembra di vivere un giorno come quello prima. E quello prima. E quello prima. Non so più se siano gli altri o se sia io il vero problema.

Vivo un'insofferenza e una voglia di me senza eguali, ho voglia di un me che non ho mai conosciuto, con le mani più veloci, gli occhi più illuminati e illuminanti, con capelli e cuore più felici. Ho perso nel tempo la mia essenza, il mio lato migliore, ma lo sento ancora vivo, anche se in sottofondo, come il rumore del mare dentro una conchiglia. Probabilmente ho solo voglia di vedere ciò di cui ho bisogno, sotto una luce che rifletta, in tutte le sue sfaccettature, l'estro del mio pensiero. Mi piace pensare di essere perfetto, seppure con qualche lieve difetto caratteriale, mi piace credere in me stesso e nelle mie potenzialità, mi piace pensare di dire sempre la cosa giusta con sfumature moderne e sublimi, e ne vado orgoglioso. Come se fossi stato diviso in due alla nascita, da sempre ciò che realmente cerco sono io, nessun altro. L'ho capito rileggendo ogni mia poesia, riascoltando ogni canzone che ha scandito momenti incancellabili, ogni parola uscita da dentro l'anima. Anche se riferiti a donne e mondi lontani, i miei pensieri hanno sempre inseguito un processo di perfezionismo interiore che portava sempre lì, alla mia felicità e alla ricerca di me stesso, alla voglia di sentirmi unico e inimitabile, trovandomi anche a un passo dalla meta prefissata. È me stesso che cerco disperatamente, senza controllo, senza paura o limiti, eppure senza pazienza, come se avessi una fobia inconscia di stare bene e di essere felice. Mi amo, mi odio, mi cerco, mi perdo.

Sono un libro già letto in una terra inesplorata.

Un giorno lontano da oggi, un mio caro amico riuscì a trovare, grazie ad un buon vino rosso, le parole che attendevo da anni. Mi definì *un morto che cammina tra i vivi*, forse per sottolineare la mia distanza, e la mia presa di posizione nei confronti della vita, quasi certamente per invitarmi a colmare i miei vuoti e affrontare quella che lui chiamava sopravvivenza. Ricordo che, da par mio, risposi che *scavando molto più a fondo della superficie, io non ho vita. Ciò che vivo è un cumulo di ricordi, lasciati sparsi qua e là per orientarmi. Io non capisco chi apprezza la vita, chi crede in Dio, chi si lascia travolgere e stravolgere da giorni vissuti in fotocopia. Non è detto che io non voglia cambiare, semplicemente non ne vedo la necessità, dopotutto questo mondo e la gente che lo abita sono troppo lontani da me, in tutti i sensi.*

Rimase impassibile, guardandomi in silenzio; sfocai una sorta di sorriso e lo invitai a finire anche quella bottiglia, mescolando sangue ed ebbrezza. Dimenticando ogni forma di mediocrità, insieme a quella fresca brezza di luminosa introspezione, che l'indomani si sarebbe, come per magia, dissolta nel nulla.

Si dice che un tempo, su una spiaggia cupa immersa tra le nuvole dell'oscenità, si insediassero i diademi di un regno nuovo, incontaminato. Al suo ingresso primeggiava un'insegna, color bianco sporco, raffigurante gli immortali miti del rock. In quel luogo, sconosciuto al mio presente, aspetterò la Sorgente della Libertà, seduto sulla sabbia meno arida, di fronte al cancello d'entrata.

Accendo una sigaretta in questa giornata altalenante, penso che se sparissi da questo sputo di terra forse non lascerei nemmeno il mio ricordo, lo porterei via con me, come per redimermi.

Mi sfogherei con l'arte squilibrata della piromania epistolare, fugando dubbi e ricordi, presente e passato artefici di mille battaglie mai combattute. Questo dolore amplifica i miei poteri, mi rende magico, dannatamente misterioso, a tratti indecifrabile. Guardandomi allo specchio percepisco di me la stessa immagine che noterebbe un estraneo. Spesso non mi sento vicino a me stesso, sono mentalmente assente e non riconosco le mie parole, ho bisogno di me da una vita e non me ne sono mai reso conto, eppure mi lancio miriadi di segnali. Mi ferisce soffrire così e non potermi essere d'aiuto, non vedo più l'*amour* o altre varie emozioni nei miei occhi. Non riesco più a dare il giusto peso a tutto ciò che un tempo, magari in un'altra vita, ritenevo importante o, semplicemente, bello. Da allora il mio sorriso non brilla più, sarà perché sono nato in un giorno di pioggia.

È il mio, il tuo, il nostro essere, collage di stati d'animo scolpiti nella memoria, impaginati e sublimi, in bianco e nero come un libro di Baudelaire. Possiamo assumere i tratti dominanti di filosofi del nostro tempo, che spesso lasciano le tracce delle proprie riflessioni e dei lamenti silenti. Sembra un sogno confuso, ormai volato via.

Non abbiamo mai chiesto, né tantomeno scelto di esistere, a volte questo concetto mi turba, in modo sconcertante. Eppure siamo tutti in fila, passeggiando nella stessa direzione, in una strada delineata da candele profumate, che inebriano e consigliano il giusto cammino. Spesso però, ci si trova a spegnere queste candele, chi con le lacrime, chi con l'arroganza, chi con l'ignoranza, o con l'inavver-tenza, restando così al buio, smarriti e ambigui, ombre tra le ombre.

È in questo modo che ci si perde, confondendo finzione e realtà, bastano pochi passi per accorgersi dell'errore, servono decadi per risalire la china dell'ego.

Riapro gli occhi e provo un forte senso di vertigini, come se fossi stato in un profondo stato di suggestione. Raccolgo la mia chitarra elettrica, stesa da lustri sul pavimento a scacchiera, la osservo e la lucido con cura. Ricordi i bei tempi quando suonavamo insieme? Alternavamo una cover dei Beatles con una degli Alice In Chains, una dei Pink Floyd con un pezzo inedito, dal testo scritto a quattro mani. Eravamo splendidi, esasperati e sereni, fuori da ogni cliché.

Mi chiedo da quanto tempo abbia smesso di accarezzarla, quella chitarra, dopo aver dato una sbirciata fuori dalla finestra, a rimirar le stelle. Poi il silenzio. Una parte di me è già lassù, e mi manca.

In un attimo che sa di infinito, ho scoperto che nella mia costellazione ho perso la rotta, diventandone elemento passivo. Proprio in quell'istante ho potuto dire di non aver vissuto mai. Temo di aver perso troppo tempo, e questo mi fa soffrire, riesci a comprendermi almeno tu, amico mio? È frustrante, umiliante, come un disincanto.

Muovo i miei passi tra diademi incandescenti, quasi fossi un soldato, costretto a nascondersi e a non lasciarsi esplodere, ma a volte è come se avessi la sensazione di aver già superato il campo minato, o che abbia mutato la sua forma come un virus.

Ho passato la mia ultima notte a immergermi in pensieri tortuosi, mistici e delicati, illuminati da un calice di birra belga di ottima qualità. Ho trovato un vecchio orologio regalatomi da mio padre, in un angolo della scrivania, l'ho osservato e ho richiuso il cassetto, stando attento a non fare rumore per non contaminare e infrangere il mio bisogno di silenzio. Forse a causa degli anni, quella cipolla era ferma, con tanto di un accenno di ruggine sugli esausti ingranaggi esterni. Socchiudendo gli occhi privi di lacrime, una caligine è comparsa in un istante, idealizzando ogni mio pensiero. Era l'ombra incombente del rimpianto, che portava in dote la sofferenza del tempo ormai perduto, e pensieri lisergici da cui uscire a fatica.

Ogni anno trascorso, dall'alba dei tempi, è un fucile che ha esploso almeno un colpo contro i corpi catarifrangenti e le idee tempestose dell'umanità. Sento il peso del rumore di un orologio, caro A., e provo dolore. Nella mia vita e, come hai sempre detto tu, nella tua, non è l'idea che deve cambiare, ma l'azione.

In ognuno di noi, non morirà mai il bisogno di comportarsi come un folle e "stupido" adolescente, perché è proprio quella la normalità andata a farsi fottere. L'adolescenza racchiude l'essenza di ogni uomo, ciò che dovremmo sempre conservare, ma nessuno ci pensa più. Hanno tutti fretta di crescere, di affermarsi. Nessuno presta più attenzione ai concetti più intimi e delicati che sono nati e germogliati dentro di loro. Nonostante questo io ascolto il mondo, e mi lascio trasportare in ogni vuoto.

Immagino chitarre di fuoco e mari sognanti, cuori in sublimazione e monsoni artificiali. Labirinti di vetro e pensieri inquinanti, tutt'intorno il nulla in tempesta, contro l'ego sieropositivo. Quiete innescata, a lungo temuta nella giovinezza di porpora, da vivere piano al di là del confine. Poi il confine si varca, senza neanche accorgersene, e si cresce fottutamente in fretta, ci si ritrova in un mondo diverso da come si immaginava, subito dopo ci si ritrova a invecchiare, e a tentare di cambiare le proprie sorti, perché a un certo punto, del mondo impari a sbattertene il cazzo.

Prima o poi tutti diranno *se solo potessi tornare indietro*, con il broncio del ragazzino che non è più dentro di noi, e che pretendeva di esserci. Quel bambino è stato cacciato via, ed è giusto che non torni, è il minimo che sia scappato lontanissimo. Non tutti sanno però che quell'infante è una fetta consistente della nostra felicità.

Ha il diritto d'autore.

7

Caro A.,

ho passato anni interi a inseguire l'incanto, tentando di gestire le mie ansie e le mie incongruenze. Che sia proprio questo l'errore?

Forse una personalità intrisa di follia e di passione accademica rappresenterebbero al meglio la *normalità*?

Mi chiedo se esista una ricetta per la felicità, io finora ho sempre bruciato tutti i *biscotti*, divenuti tossici e di cui mi sono nutrito, sul filo del rasoio, mentre attraversavo la sponda del tempo.

Mi chiedo se qualcosa cambierà mai, in questa mia testa priva di gravità, e se un nuovo giorno riuscirà a sbocciare dietro gli occhi chiusi, nel mio giardino dei miei sogni. Pensieri ruvidi, che chiedono al cuore se c'è un posto anche per me, all'interno del mondo, ma nella malvagità inconsapevole di questo equilibrio, dolce come miele sintetico, mi accorgo di esser solo, e al di là di qualunque previsione, sto infinitamente bene.

E mi sento crepuscolare, come non sono stato mai. La metafora del crepuscolo indica una situazione di spegnimento, dove predominano i toni tenui e smorzati, degli uomini che come te e me non hanno emozioni particolari da celebrare, se non la profonda malinconia. Questo è ciò che resta di me dopo una pioggia che mi suggestiona, e non deve essere certo un bel paesaggio. Credo si tratti delle ombre del passato che non vogliono liberarsi di me, o viceversa, e questo mi spinge a voler catturare come farfalle l'attenzione di questa mia cornice fatta di persone e ambienti artificiosi. Penso anche che a tratti sia inutile cercare di essere un'icona generazionale, sapendo che la società in cui viviamo è una marea troppo veloce e senza miti. Spesso i sentimenti lasciano il passo a una realtà che appare scialba e ridondante, eppure tutti mi fanno spesso una domanda. *Che ruolo riveste l'amore nei tuoi pensieri?* E io rispondo *determinante, direi, perché l'ho provato.* Ma l'*amour*, spesso, diventa ossessione, e questo non mi piace. Dipingo da una vita l'ossessione come una sfumatura della genialità, ma se l'*amour* diventa mania si diventa caso clinico. L'amore stesso, con il passare del tempo, si logora e si spegne. Credo da sempre che sia il prototipo del moderno fuoco. E tra genio e pazzia il confine è labile, da sempre.

Forse ci sono solo tre modi per curarsi: con l'ipnosi, per qualche minuto, con la morte, per l'eternità, con l'orgasmo, per poche frazioni di secondo. Con il senno di poi, consapevole di quanto possa far male una realtà simile, chiunque mi darebbe ragione.

Ho sognato di farmi preparare del the dalla Regina d'Inghilterra, di conservare metà dei miei sogni, di essere uno dei Beatles, di fare sesso con due donne contemporaneamente. Ho immaginato di arrivare in ritardo almeno una volta, di cantare in un teatro vuoto, di illuminare il cammino di chi amo, incendiando la mia chitarra elettrica prima di uccidere un fantasma.

Vorrei essere padrone della mia vita e del mio tempo, uscire allo scoperto per potermi illuminare, vorrei immaginare di essere migliore senza lasciare niente al caso. Vorrei volare nelle atmosfere più lucenti, e mescolarmi con le sfumature del cielo, volteggiare tra le rondini respirando aria di vita. Vorrei correre nei campi di margherite e accendermi al sole, con la mia ombra sorridente accanto.

Vorrei di più di ciò che ho, ma non sono un illusionista, sono solo un sognatore, e sognare mi tiene ancora vivo. Rinascere forse non mi interessa, ma vorrei provarci, almeno una volta, senza che il tempo mi fotta, e che ferisca il mio orgoglio. Così, per rabbia o per amore, per stupore o per ansia, in cima a ogni pensiero pallido, o a causa di una delle mie paure immorali, accendo una sigaretta maestosa e complice, l'ennesima, per sentirmi più vivo, e meno in colpa. Forse più sicuro, o più affascinante, non so dirlo con esattezza. Lenta boccata d'esordio colma di emozioni che appare come un decanter, per esprimere al meglio le proprietà di questo fumo, denso come vino. Sono sulla cima più alta della mia euforia, sulla spuma arroventata delle mie labbra vacue, e del mio spirito ormai sedato.

Infine rilasso ogni muscolo del collo, e mi inebrio, di un piacere infinito, come i miei rimpianti.

Uno di loro è quello di aver fatto scappare quel bambino da dentro di me, ma un giorno o l'altro lo troverò, e lo chiamerò Dario.

Un'ultima boccata, prima di gettare la morbida bobina.

E di appassire come una rosa di tre giorni fa.

Circondato da visioni, gestisco la mia solitudine.

Sento lo scroscio della pioggia attraverso il vetro incorniciato della mia finestra. La apro leggermente, per amplificarne il suono fascinoso. Tra angeli e soffi di vite in movimento, cuori e demoni alati, in un fiabesco groviglio di paradisi e inferni disegnati, vedo la mia anima, assopita sotto una siepe di cipressi violacei.

Prego l'improbabile tra soli spenti e lune ricorrenti, in conflitto con la mia appartenenza a un altro mondo. Vorrei diventare insensibile al dolore. Invece lo sento, ed è forte, come i colpi di batteria di Dave Grohl ai tempi dei Nirvana. Ho addormentato ogni forma di passione, e ho perso la strada, finendo con la testa sotto la sabbia, ma nel mio agire sotterraneo ho trovato il me più amletico che ci sia. Con le palpebre appese, ho pensato senza sangue, ho camminato senza sogni, al buio, con la voglia spenta di cambiare le carte in tavola. Come se fosse ormai troppo tardi. È il tempo moderno, ed è proprio quello che vivo, a generare tutto questo.

Quanta arroganza si sparge sul prato del mondo, è un veleno difficile da sopportare persino per chi di solito crede nelle persone. Ma le persone ingannano, mentono, tradiscono le attese e chi le ama, si nascondono dietro un sorriso o un silenzio, dietro un'incertezza o uno specchio. Il veleno è già in circolo. Ed ecco che collassano i polmoni, il cuore, i reni della società. Bugie e cattive azioni escono allo scoperto, come schiuma dalla bocca, con gli occhi che si rovesciano all'indietro, come per guardarsi dentro. Ma non è così. Perché nessuno analizza mai se stesso, forse nemmeno io. La pioggia laverebbe tutta questa mediocrità, ma non piove mai abbastanza. Non piove più da anni. Tutto questo rende la vita un'utopia, un baratro d'azzurro e verde, di rosso e bianco, che non ci vuole mai, che annega i nostri pensieri, i sogni e i buoni propositi, dopo avergli tagliato la gola. Purtroppo la perfezione non è un colpo di fortuna, e soprattutto, non è virale. Bisogna sapere dove cercarla, come levigarla, come conservarla. Tutti la vogliono, dimenticandosi della loro insana società. A volte ho paura che questa perfezione che cerco non esista davvero. Ho lottato sempre, per questo, senza mai venirne a capo. Non sono né morto, né guarito, mi sono solamente disabituato alla realtà che vorrei, passando al livello successivo di intolleranza. Eppure mi amo troppo per ridurmi così. *C'est la vie.*

Interpreto il mio stato d'animo come un raffreddore di stagione, un fenomeno debilitante e casuale, nonostante io continui a vederlo come una caratteristica tremendamente affascinante della mia personalità. Il problema nasce quando mi rendo conto di far colpo soltanto su persone superficiali, che non hanno nulla in comune con me. Al contrario, gli intellettualoidi mi etichettano come *troppo complesso* o *enigmatico*, catalogandomi come una parola da dizionario del dopoguerra. Ma dov'è la verità? È lì che l'ego e la coscienza si insinuano e si fondono, per regalarmi una pillola di autostima, filmata di serenità, mentre mi fermo a pensare a quanto sia stupida e ignorante la gente. Il bello è che si parla ancora di illuminati tra le righe dei quotidiani di blasone, che mentre sputano belle parole ai pessimi attori della nostra società, si vendono ai potenti. Pur dimenticando ogni valore, ogni uomo si crede un rivoluzionario. Contano esclusivamente i soldi, tutto ha un prezzo, tutto si paga, o può essere comprato. La felicità, la libertà, il sesso, un desiderio. Sono solo alcuni esempi. Nessuno però pagherebbe per cancellare la merda che viviamo, nonostante sia così semplice dare ossigeno a delle banconote. Sforzarsi per raggiungere uno stile di vita migliore sembra troppo faticoso per innescare una reazione comune. Ci si sforza soltanto di regredire, e laggiù ci si riesce, a gonfie vele, negando l'evidenza. Tutto questo si chiama ipocrisia. Ci hanno insegnato ad andare avanti con questa vita, a essere coerenti, ma la coerenza che c'è intorno a noi non è vera, non è quella che dovrebbe essere. È costruita, è artificiale, proprio come i gregari.

I sentimenti eleganti e istintivi non esistono più, la reale identità dell'uomo moderno è ormai svanita, è estinta. Ma cosa faremo dell'*amour*? E della libertà? Cosa faremo dell'odio? E della pace che tutti passano il tempo a negoziare? Entro nel vivo nel gioco delle personalità, e la mia, a differenza di molte, appare sempre più indecifrabile e non ne capisco i motivi. Sono sempre lo stesso eppure vario di frequente, forse troppo, come se mi guardassi attraverso un caleidoscopio. Mi abbandono in una pozzanghera d'oblio, come una zattera di fortuna in mezzo a un mare che nessuno esplorerà. Vedo un fuoco sotto la pioggia, un orizzonte che mi confonde, e che scorre dentro, prima che tutto torni gioioso, giocoso, osceno. Un brivido infernale, mentre smette di piovere, là fuori, e mi concedo una buonanotte che non ho mai osato pronunciare. So di essere bianco o nero, luce o oscurità, neve o fuoco. So che non sarò mai una sfumatura, che non sarò mai banale, e questo mi rasserena. Almeno ora, anche le mie follie cesseranno di battere sulla mia finestra. Chiudo gli occhi, più pulito che mai. La pioggia lava via la mediocrità.

Guardo la mia ombra, il mio spirito, stringo la mano di questa donna bellissima, che so di amare non volendolo ammettere, colei con cui mi confido, e con cui faccio l'amore. Sento i polmoni freddi, mi disseto ma non riesco ad annegare, le dico che forse siamo realmente liberi soltanto nei sogni, dove ogni anima si divide in due, in uno psichedelico gioco di luci. Una metà nasce nel cuore dell'alba e si assopisce dopo il crepuscolo, quando l'altra prende vita, come in preda a un incantesimo, quasi fosse un vampiro in grado di succhiare la linfa della mente prima della prossima aurora. Un'altra notte è già finita, e già non ha più alcun colore.

Le vedi anche tu queste asimmetrie?

Sono cresciuto troppo in fretta ma credo ancora alle favole, voglio cadere verso l'alto per poter nascondere la testa fra le nuvole. La mia maturità può essere considerata puramente fittizia.

Tuttavia penso che se il passato è irreversibile e il futuro è un'incognita, dobbiamo comprendere la bellezza del presente, unica certezza che ci rende liberi e che ci dona splendore anche solo per un momento, purché sia intenso. Quando ho la testa sgombra, io amo vivere così, un attimo per volta, ogni battito del tempo e del cuore divengono luce nei miei pensieri. È per questo che non ho paura della morte, mentre molti la temono, altri la cercano, qualcuno la vede. Riciclo i miei pensieri sempre più inquinati, una nuvola di fumo che acceca occhi languidi. In quel tetro dolore mi addormento.

Vedo una collina addormentata da frecce avvelenate, non si vede in cartolina ma compare in giornate di pioggia, magicamente.

Sulla destra un ruscello di sangue costellato da piante ormai spoglie, ricama il verde scuro del rilievo, e risalta i contorni antracite di quel dissennato e misero lembo di terra.

Sulla sinistra, simmetrico al rivo, sorge il cimitero dei pensieri.

Corvi impetuosi leggono gli epitaffi, evocano il Male e il demonio che lo creò, i Poeti Maledetti e gli archetipi addormentati. Al centro di questi, un paesino mai esistito prende il largo, fino in cima al leggero pendio, una cattedrale oscura i cipressi con un mosaico imponente che nessuno osa guardare.

Le case sono disabitate e forse nessuno metterà mai piede da queste parti, probabilmente nessuno ce l'ha mai messo.

Piove ininterrottamente, da quasi ventisette anni.

Le mie lacrime sono arrivate anche qui.

8
2001

Dovrei iniziare con *caro diario*... ma non ci riesco, sembra troppo da ragazzino, oltre che un innesto di eccessivo buonumore. Che non ho, e che a memoria non ho mai avuto. Invece sono i nostri muri che dobbiamo erigere, e poi distruggere, per trovare il nostro vero inferno, le radici del nostro male. Dopotutto, ho il diritto di crederlo, perché ho diciassette anni, e vivo di oblio. Sono un ragazzo semplice, come tanti, con la battuta sempre pronta e la testa tra le nuvole, ma scrivo queste righe per non dovermi necessariamente sdraiare su un lettino di pelle marrone di uno strizzacervelli. Tengo occupata la mente, leggendo almeno due libri a settimana, possibilmente in riva al mare. Ascolto musica rock, mi rilasso con il *britpop*, mi concentro con l'*indie* e mi sono avvicinato da qualche tempo, a passi incerti ma fieri, verso il *grunge*, perché credo che quel Kurt Cobain – che mi piace da impazzire – sia stato un genio, nonostante dicano tutti che fosse solo un eroinomane depresso, e che spararsi un colpo di fucile in bocca fosse la cosa più sensata che potesse fare. Se però è vero che le frustate della vita lasciano dei tagli così profondi, impossibili da nascondere, io mando a fanculo tutte queste persone, schierandomi con Kurt. E anch'io ho una storia da raccontare, ed è una storia del cazzo, di quelle che lasciano l'amaro in bocca. La mia era una famiglia felice, quasi irreale da quando hanno reso ufficiale e quotidiano il referendum sul divorzio, ma d'incanto tutto è svanito, come una nuvola di fumo in un condotto per l'aria condizionata, fumo che accompagna ogni lento tiro di una sigaretta. Io ho iniziato da poco e devo ammettere che mi fa schifo, ma è l'unico metodo che ho per non piangere. Mio padre non fa che ripeterlo, così ho tentato questo espediente, nascosto nei suoi pacchetti di Marlboro Lights. La mia famiglia racchiude mio padre, mia madre, mio fratello e me. Andrea è più grande di me di sei anni, e da almeno tre non lo vedo, da quando è partito per il Sud America per cercare se stesso, ordinare i pezzi della sua vita, e trovare un po' di fortuna. La sua partenza è stata, inconsapevolmente, il primo passo verso l'infelicità di tutti noi. L'inizio del buio, lento, denso e inesorabilmente reale.

Mia madre è malata, l'ho scoperto da solo qualche mese fa. I miei hanno avuto il buon gusto di non dirmi nulla, e una parte di me li odia per questo. Profondamente. Non credo le rimanga molto da vivere, ed è un peccato, perché è una donna giovane, forte e bella. Ma si sta consumando lentamente, come un fiore in un vaso di porcellana senza acqua, che giorno dopo giorno appassisce sempre di più. Forse è la mia età a rendermi ermetico, o forse è proprio il contrario; i miei coetanei pensano a sfondarsi il cervello con l'erba o a sprecare le giornate con i videogiochi (talvolta entrambi), mentre le ragazze fanno shopping psicopatico e pompini come regali di compleanno (spesso uno segue l'altro). Io sono diverso, e sinceramente non me ne pento, né l'ho mai fatto. Vengo addirittura emarginato dai miei coetanei, ma poco importa. Anzi, mi fa sentire quasi sollevato. Tornando a noi, non lascio trasparire nulla, non voglio che si sappia che io in realtà so tutto, eppure vivo in eterno conflitto con i miei genitori, in un'altalena di odio e amore che non si ferma mai, e da cui mi è impossibile scendere. Questa storia della malattia della mamma non mi è andata giù, questa strana scelta di tenermi all'o-scuro proprio non la capisco, quasi fossi un bambino capriccioso, instabile e privo di sentimenti, da dover proteggere o consolare quando piange. Non credo sia protezione questa. Se non mi brucio, non capirò mai che non posso mettere la mano sul fuoco, non potrò mai maturare, non diventerò mai un uomo se non mi confronto con la vita. Riguardo al dolore, idem come sopra, non ho bisogno di protezione, vivo le mie sofferenze con eleganza e analisi, e credo di saperle affrontare a dovere. Sottolineo *credo*. Il problema è che mi sottovalutano, tutti i genitori lo fanno, per questo tentano sempre di costruirti intorno una campana di vetro, che man mano che cresci sembra sempre più una prigione. Ma poi, chi deve affrontarlo, presto o tardi che sia, il mondo reale? È come se decidessero di mandarmi in guerra disarmato. Io direi *no, non ci siamo*. Chiamatemi ribelle, testardo, stupido, ma la penso così. Magari non sono altro che un ragazzino ingenuo, ma voglio essere giudicato come uomo. Possibilmente libero di scegliere. Eppure anche i miei erano come me, è questa la cosa più assurda. Sono cambiati. O forse è il mondo che è cambiato. Devo aver ereditato da mio padre questa attitudine nello scrivere un diario, ho trovato alcuni dei suoi scritti in un vecchio armadio, come se li volesse nascondere al mondo intero, o anche semplicemente solo a me. Forse per non mostrarsi fragile agli occhi di suo figlio. Che stupido. È proprio quello che amo di lui. Sono fiero di avere un padre sensibile, un padre che abbia un'anima e che mi capisca al volo, nonostante la mia età difficile, anche solo guardandomi negli occhi, come farebbe il mio migliore amico. E tra quelle pagine ormai ingiallite dagli anni, ho visto lui alla mia età, ho visto me stesso, e questo mio scrivere pensieri, ricordi e parole è un modo di rendergli omaggio, per tenerlo stretto a me. Credo nella genetica, e il DNA non è un'opinione. Altro che la matematica.

Trovo che mio padre sia un uomo splendido, ricco di esperienza, intelligenza, sani princìpi e pensieri incantevoli, ho sempre sognato di poter diventare come lui, nella vita e nel lavoro, come per rendergli la sua parte mancante, l'ultimo pezzo – o il primo, chissà – del suo mosaico. Negli ultimi mesi, però, non lo riconosco più, sembra un'altra persona e la cosa mi spaventa; è come se stesse regredendo a colui che scriveva le nere pagine dei suoi diari, possibilmente in riva al mare. La mamma l'ha salvato dalla disperazione, ma quella stessa disperazione lo attende al varco, come per riprenderselo dopo una lunga attesa – come un virus latente – e inghiottirlo, per sempre. Sono sempre stati una cosa sola, lui e la mamma, e ho seriamente paura che possa crollare da un momento all'altro. Vorrei aiutarlo – ma non dovrebbe essere lui a sostenere me? – e tento invano di trovare una cura per la mamma, per papà, per me. Per tutti noi. Ma per la mamma, purtroppo, non esiste. E non c'è più tempo. Vedo il dolore affacciarsi dal palazzo di fronte al nostro. È vestito di nero, e si nasconde tra le parabole del tetto. Ha un fucile da cecchino. Credo sia lassù, in attesa, da un bel po'. È il suo momento. E sta per prendere la mira. La mamma si arrende. Papà tenta di farle da scudo, come ha fatto ogni giorno della sua vita. Lei si spegne, sulla poltrona del salotto, esausta e tranquilla, mentre anche l'ultimo petalo scivola via. Io le lascio la mano, e corro in camera mia a piangere, tra i miei album dei Pearl Jam.

Madre, non sai quanto ti abbia odiato, e poi amato, nei miei giorni, eppure ora sono qui a piangere, a piangerti, a rimpiangerti. È lo strano gioco della vita. Ti voglio bene, dopotutto, devo volertene e la cosa un po' mi infastidisce, eppure sei l'unica persona che non ho mai voluto decifrare, forse per paura di apprezzarti, o di amarti con tutte le mie forze, o di volerti difendere con la mia stessa vita. Forse per il terrore di trovare analogie con me stesso. Ho sognato spesso di buttare le mie cose in una borsa da palestra e di partire, lontanissimo da casa, lontanissimo da te.

Ma ora è tutto diverso, tu te ne sei andata e mi sento a pezzi, proprio come immaginavo. Io non piango. E non tremo. Tu sei già tra gli angeli e io resto in questo inferno, in parte ti odio anche per questo. Dolore su dolore, lacrime su lacrime, in un'addizione infinita, ho tirato le somme e ora provo un rimpianto che mi inghiotte per intero. Ti odio allo stesso modo di quanto possa odiare me stesso, per tutto il tempo sprecato, per l'unico rapporto che io abbia realmente vissuto con superficialità, proprio con te che mi desti alla luce, per poi abbracciarmi, tenendomi sempre stretto al tuo seno, allattarmi, insegnarmi a muovere i primi passi. Nonostante questo non c'era che un ragazzino sconvolto, deluso e dimenticato, nella nostra nuova casa, che ti chiedeva di osservarlo, mentre tentava di andare più in alto che poteva, sull'altalena del mondo. Cosa mi resta ora? Silenzio. Buio. E altre lacrime, che non riesco a versare. Soffro, e come spesso è accaduto è anche colpa tua, tu che mi hai dimenticato. Avrei dovuto farci l'abitudine. Ma credo che anche questo sia amore. Addio mamma.

9

Riesco a vedere, e osservarmi, al buio, come farebbe un gatto. Ma cosa posso realmente scrutare? Prendo una sigaretta, la poso fra le labbra morbide, ma ho quasi paura ad accenderla, per non decapitare l'ossigeno che mi circonda. Tengo le emozioni in naftalina, almeno per il momento. Percepisco un'infinità di rumori intorno a me, e forse per ovviare alla carenza visiva, sembrano impostati al massimo volume. In questo modo accolgo i soffi del vento, che sembra respirare insieme a me, il moto fuorviante delle auto in movimento, nato dal combattere la tirannia del tempo o, per meglio dire, del ritardo. Abbraccio i velami della sera, che paiono incantati ancor prima che incantevoli, i passi di uomini persi tra i propri pensieri, la caduta di foglie secche, dalla lentezza instabile. Accarezzo il profumo della mia mente, apparentemente in disuso.

Ho detto bene, apparentemente, ma non è così. Probabilmente i miei pensieri sono direttamente proporzionali allo scorrere delle stagioni, non si sono mai fermati, e sono riusciti a cancellare le mezze misure, o mezze stagioni. Mi ritrovo qui, in questa bara di muscoli dal velluto vermiglio, confinato in una vita lunghissima priva di ogni logica, colma di giornate gettate tra ortiche da cui è impossibile districarsi. Ma sopravvivo, grazie ai poteri che porto in dote.

È successo tutto in una notte dell'84, la pioggia scendeva delicata, il vento la accompagnava in ogni angolo delle strade romane, come per cercare un luogo più intimo per entrambi.

Era l'alba dell'Aids, del rap, delle guerre del cazzo che avrebbero portato i loro strascichi negli anni a venire, aprendo le porte di un limbo moderno, pseudointellettuale, pseudomilitare, pseudoreligioso, pseudoeconomically correct, allucinantemente fancazzista, tristemente all'insegna del binomio idiota/bugiardo, pseudosocialmente schierato, pseudointegrante, pseudoetico, anticulturale, anticoncezionale... Devo continuare? So soltanto che se avessi potuto scegliere, sarei nato senza dubbio negli anni '60, ma in quel preciso momento... DOVE CAZZO ERANO I FIGLI DEI FIORI? Sono uscito dal grembo di mia madre senza le lacrime agli occhi, d'al-tronde i bambini non le hanno fino a una certa età, ma per un motivo o per l'altro le ho sempre portate con me. Se non si vedevano da fuori, io le vedevo dall'interno di me stesso, se non scendevano sulle guance rosee, rigavano la mia anima.

Caro A., ti racconto tutto questo perché in certi momenti ho creduto che il destino e la vita mi avessero preso di mira, cercando di annientarmi, forse perché infinitamente sensibile, magari perché eccessivamente complicato. Questi pensieri sono dettati dal senno di poi, da bambino ero un folletto capriccioso, convinto di avere una famiglia d'avorio alle spalle, poi questa è venuta a mancare, sbriciolandosi, e ho perso la stabilità. Quel giovane incendio, con gli anni, si è spento, non è rimasta che cenere. Poi è arrivata la paura, l'in-sicurezza, la pochezza del mio rapporto con gli altri, in sintesi una nuova città. Ricordo che notavo da subito la diversità tra il me appena passato e quello trasferito in provincia da qualche mese, pensavo spesso alla mia piccola vita precedente, fatta di sorrisi, piccoli amici, sogni di argento vivo, corazze di ogni bambino. Ricordo che quel pomeriggio, dopo aver a lungo rimembrato, mi chiusi in cameretta, e piansi, come non mai. Era il giorno del mio compleanno.

Definisco la mia infanzia come un cancro che ha aggredito il mio cuore e il mio vero essere; nell'adolescenza è stato praticato l'acca-nimento terapeutico e ora ne pago le conseguenze. Anche per questo ce l'ho con il mondo.

Ricordo che i miei nonni, una delle parentesi più belle del mio tempo, mi avevano insegnato a dire le preghiere prima di andare a dormire;

forse per quel poco che riuscivano a vedermi, mi immaginavano come un angelo che non doveva perdere il contatto con il suo vero ambiente. Sorridevano sempre e mi facevano sentire amato, tra una fiaba e l'altra, e adoravo essere preso in braccio da mio nonno, guardare le cose da una prospettiva diversa, così alta. Mi sentivo protetto, pensavo che niente e nessuno avrebbero mai potuto farmi del male lassù. E poi scendere, correre dalla nonna e abbracciarla, anche senza un motivo, per sentire il suo profumo morbido, distraendola per un momento dalla sua passione per la cucina.

Proprio lei, solitamente dopo pranzo, mentre il nonno andava a riposare, mi insegnava le preghiere più semplici, una frase per volta. Mi diceva sempre che anche quando sarei tornato a casa, dopo le vacanze estive, dovevo ricordarmi di dire almeno una preghiera prima di addormentarmi, avrei sentito anche lei e il nonno più vicini, come due angeli custodi. A casa, però, nonostante pregassi ogni sera, nascondevo la testa sotto il cuscino, e a bassa voce dicevo *vorrei non essere mai nato, chissà com'è fatta la morte, se ha un odore, se fa male, o se è come addormentarsi*. È lo stesso malefico destino che è toccato anche a te, perciò te ne parlo a cuore aperto.

In questo, come in molti altri casi, probabilmente soltanto tu sei in grado di leggere i miei segnali in codice. Ripensare a qualcosa che credevo superato, ormai morto e sepolto, non dovrebbe farmi del male, ma a quanto pare, evidentemente qualche ferita è ancora aperta. Ed è sommersa di sale e roventi gocce di limone.

Negli ambienti circostanti c'è sempre stato qualcosa che non è riuscito a conquistarmi, come per esempio il sorriso degli altri, la benevolenza di ignoti di passaggio, il gruppo, nella sua mediocre etimologia. Passavo i miei pomeriggi, dopo la scuola e i compiti, a giocare a calcio per ore intere, fino al calare della sera. Penso che quell'amico di cuoio abbia salvato la mia infanzia. E io lo amavo incondizionatamente. C'erano due splendidi alberi di pesco nel mio giardino, e li usavo come i pali che delimitano la porta, per non sentire la mancanza di un campetto vero. Ricordo che nonostante tifassi Milan, impazzivo letteralmente per Roberto Baggio, che militava ancora nell'odiata Juve nei primi anni '90. Roby rimane tuttora uno dei miei calciatori preferiti di tutti i tempi. Credo sia il Mozart del campo verde. Giocando a calcio espellevo tutte le tossine quotidiane, i miei lamenti, la frustrazione e la staticità. Non ho altri ricordi custoditi nella memoria, forse ho rigettato, provato a cancellare, o più semplicemente nascosto, quel lasso di tempo oscuro della mia vita, il vicolo cieco dell'infanzia tortuosa che ha violato con tagli profondi la mia intimità. Posso dire di essere stato cieco fino ai miei quindici anni, poi ho visto il viso della vita, con un universo di aspettative che giravano intorno, restandone affascinato ma continuamente non oltre i suoi confini. L'adolescenza portava con sé nuove strade, nuove esperienze, la possibilità di risorgere dalle ceneri del giovane fuoco estinto qualche anno prima. Avevo una chance per riscattarmi. Novità e incognite al tempo stesso, l'idea mi affascinava, quell'età era anch'essa una fiamma sottile, proprio come me, che speravo riuscisse finalmente a scaldarmi senza scottarmi. Un regno nuovo, sul quale iniziare a camminare con le mie gambe, calcare un terreno ancora vergine senza immaginare che avrei iniziato a sviluppare me stesso, a crescere, scrivere, sognare. E troppo presto a precipitare. Le mie gambe si sono rivelate deboli, sovente friabili, e non hanno saputo sorreggere i miei pensieri, i sogni e gli psicodrammi, troppo maturi per la mia età. I miei vuoti hanno avuto la meglio, semplicemente perché non ero pronto. Avevo saltato la preparazione atletica. Nell'adolescenza ho trovato l'*amour*, il sesso, l'autoanalisi, la speranza, il mare, il rock, la birra, a volte l'erba, un cocktail fantastico che troppe volte ha rischiato di portarmi al collasso. Fino alla morte della mamma. Il mio ego affabile ha sofferto ferite profonde, caricandosi fino a un apice di inverosimile, divenendo malvagio e dannatamente potente, oserei dire enigmatico. Ma l'ho tenuto nascosto, richiudendo il cassetto che lo custodiva. Ho passato i miei giorni a modellarlo, nella speranza di piacere sempre agli altri e a me stesso. A mia madre. Congetture.

In un momento di pensierosa leggerezza come questo, avrei voglia di piangere, cazzo quanto mi andrebbe. Eppure mi blocco, è come se inghiottendo mandassi giù il mio dolore, ma non è una pillola, prima o poi diverrò un vulcano in eruzione, e magari piangendo starò meglio. Bevo un sorso d'acqua fresca, cercando di sedare i miei pensieri, disegnati su un foglio ocra posto sullo strapiombo dell'inconscio. Che motivo c'è nell'essere Atlante, tenendo in spalla il mondo delle mie ansie? Vorrei spezzare l'incantesimo del tempo, per tentare altre strade, per non dire di non averle provate tutte per splendere. Ho cercato in modo incessante di volgere ogni dettaglio a mio favore, liberando la mia essenza da quel cassetto, nascondiglio delle mie prospettive di vita, rivelatosi inutile. Probabilmente, se l'avessi aperto prima avrei avuto riluttanti analogie con la storia del Vaso di Pandora, ma di sicuro non sarei stato flagellato da folle di ignoranti che imperversano in questa società. Ogni uomo e donna è colpevole, e ho giurato che ogni sospiro di vento sarebbe stato una premonizione, ogni mia parola un marchio fatto a fuoco, ogni colpo che avrei inflitto sarebbe stato un passo per la mia redenzione.

Amato amico mio, nella mia salvezza, così come nella tua, è rinchiuso un sogno di vendetta e libertà di cui non possiamo fare a meno. La vita è un selciato costellato di esplosivi invisibili, che prendono il nome di odio, maldicenza, invidia, ipocrisia, fato e, talvolta, purezza. Guardiamo oltre la trincea, e tentiamo questa fuga. Sono sicuro che oltre il confine, oltre le mine dell'animo umano, sia custodito un posto su misura per noi, dove poter essere noi stessi, smettendo di fingere e di apparire. Liberi di essere vivi, di esistere.

Ho assunto negli anni, punti di vista sconvolgenti, pensieri astratti divenuti molecole della mia mente, resi tangibili dalla lingua assassina. Forse per questo vengo amato e odiato, talvolta al tempo stesso, spezzo in due le folle, potendo scindere gli estremi, il bianco e il nero di ogni minima cosa, non ho mai prediletto i compromessi, lo sai, e ho imparato a pagarne il prezzo, in modo magistrale e irriverente. Tuttavia mi sento in gabbia, mi pento e mi avveleno, a un filo di vita dal male. In questo contesto, mi rifugio ancora sulle rive delle spiagge più malinconiche del mio tempo, nascondendo i pensieri urlati nel baratro d'azzurro in tempesta. Cielo e mare, all'unisono, possono rispecchiare le mie emozioni e tutte le asimmetrie che ne conseguono, facendomi sentire ascoltato dalla natura, accolto dalla potenza degli elementi. Acqua, Aria, Fuoco, Terra, *Enigma*.

Questo corpo a volte limita la mia euforia, la clandestinità della rivolta e della scoperta, minando il mio infinito e con esso la mia vera essenza. Il corpo è polvere, ogni anima si intreccia al nostro tutto, alla vita, alla morte, all'*amour*, all'odio, a ogni cosa che ci appartiene o che rischia di farlo. La mia si è unita al profumo dell'utopia, e ne vado orgoglioso, perché è la scelta meno ovvia, quella più indecifrabile, che forse nessuno farebbe. È soltanto follia *bohèmienne*, o un semplice accenno di disturbo bipolare.

Le mie scelte sono sempre state istintive, spesso tra l'osceno e l'innocente, colorate di oscurità e apparente rivalsa verso la vita. Nei miei caratteri scavati mi sento sublime, il tramite tra il divino e il perfetto, una stella luminosa in un cielo nebuloso e ribelle. Ti è mai capitato? Sono sicuro di sì. Mi manca qualcosa, però, e ho paura che questa sensazione mi accompagnerà in eterno. Vorrei di più, come sempre, anche per te. Mi rifugio in una nuova sigaretta, la accendo e percepisco un gusto di quiete, inebriante e avvolgente, quasi di seta. Mi guardo allo specchio con gli occhi disegnati, colorati di porpora chimica, e provo ammirazione nei miei riguardi. La vita, la gente, il tempo, sono colmi di acredine e poca convinzione, e nei momenti di oscurità privi di concentrazione, mi lascio infettare, inerme. Ma poi basta poco per riprendere me stesso, una scarica di nicotina che porti lucidità, e poi dicono che le sigarette fanno male.

A volte penso che la vita sia la peggiore delle malattie, sa essere una maledetta ingannatrice, e forse questa è la punizione che lei mi dà, perché non ho mai saputo viverla intensamente, o anche solo provarci. Mi piace pensarla così. Magari, la vita stessa è la gabbia che mi imprigiona, anestetizzando i miei sensi e lasciandomi lì a penare. Colloco questa strana prigione nella giunzione tra spazio e tempo, lontana da infrastrutture emotive e da pensieri in carbonio, fuori da schemi di plastica e da vortici di velluto invisibile. Ogni cosa può apparire inutile in poche inesorabili frazioni di secondo, posso fare a meno di luci, suoni, persone e sentimenti. Perché anche se in gabbia, posso evadere. Che questa mia esistenza sia intrisa di vita o di morte non ha importanza, non ne vedo la differenza, la libertà non è un'illusione, posso farla mia. Saprò aspettarla, finché le stelle cesseranno di brillare, in questo cielo sfortunato. Sento di poterci riuscire, e ne sono felice. Come nei miei sogni più riusciti.

Caro A., credo di aver finalmente notato la differenza tra bene e male, grazie a un sogno che mi tormenta da tempo. Campo visivo distorto, contorni soffusi, sono il protagonista, vivo e nitido più di ogni altra cosa. Sono a una mostra d'arte, in una notte d'estate, lo deduco dalle maniche ripiegate fino all'avambraccio della camicia bianca che indosso, aperta fino all'asola del terzo bottone.

Un quadro cattura in lontananza la mia attenzione, ritrae un uomo nudo su un letto, avvolto come un Cristo da lenzuola nere. Mi avvicino, estasiato dalla bellezza istintiva, a tratti *naif*, della tela. Scopro con irreale stupore di essere io l'uomo nel dipinto, lo vedo nei lineamenti delicati e carichi di sensibilità. La pelle bianca si contrappone all'ebano dei miei capelli, leggermente scapigliati, lo sfondo della stanza ritratta è vorticosamente opaco, come i confini del sogno che ho tessuto con minuziosa originalità. Nel quadro, di fronte al mio alter ego, all'angolo sinistro del letto siede una ragazza dalla bellezza pungente, che mi fissa mentre le tengo le mani. Probabilmente il fermo immagine raffigura un momento post-amplesso, l'attimo per antonomasia di maggiore fragilità di ogni uomo e donna. Ma lei appare di ghiaccio, appare più forte dopo l'orgasmo, il mio viso nel ritratto ne risente, apparendo quasi intimorito. Lei può scavarmi dentro, oltre la corteccia di carne, lasciandomi più nudo di quanto già io sia. Resto scosso dalla trama subliminale del disegno che mi ritrae così indifeso di fronte a tanta perfida bellezza, così ne distacco lo sguardo, quasi per non infierire. Bevo dello champagne, allontanandomi lentamente, scegliendo l'usato sicuro, e mai banale, di Dalì. Il risveglio sopperisce a un accenno di idrofobia. Il bene è carnale dopotutto, non è mistico come realmente appare, ma ha un colore, un nome, spesso un sesso da scopare. Il male, dal canto suo, agisce a fari spenti, è invisibile, ma entra più a fondo, come un coltello in un'arteria, e può ferire a morte, come ci hanno sempre insegnato.

Conoscere se stessi è il primo passo, me l'hai insegnato tu, in una sera di nebbia sublime, vista dalla finestra di un pub, in un gennaio qualunque. Mi hai dato il tempo di pochi sorsi di birra per decifrare quel messaggio nascosto che ora ho fatto mio, scoprendo che amarsi è il primo passo, al di là di ogni possibile scelta che ognuno di noi possa compiere. È l'Ego l'arma di nuova generazione.

Illuminato da una fantastica giornata uggiosa, come canterebbe Battisti, mi immagino in posti sconosciuti lontano da ogni cosa e persona. Crocifiggo la mia proverbiale razionalità, dopo aver inferto la Passione ai miei sogni. Per rendere tutto più scenografico, tra sorriso e coscienziosità, ho pensato di inscenare la mia morte, forse per restituire agli altri tutto il dolore e la violenza che mi fu iniettata in passato. Mi farei ritrovare sulle rive di un fiume, dopo essere svanito nel nulla da quattro o cinque giorni. Questo renderebbe l'ignoto cadavere irriconoscibile in fisionomia, ciò che rimarrebbe dei miei vestiti e dei miei documenti sarebbe indispensabile per il fatuo riconoscimento, denso di sorpresa. Sceglierei la primavera per la scenografia di questo mio film, come a recitare *La Canzone Di Marinella* di De Andrè, e assisterei in disparte al mio funerale, curioso di conoscerne i partecipanti. Sceglierei un nebuloso venerdì, nel tardo pomeriggio, per rendere il tutto più gotico. Poi scomparirei, per sempre, cercando la mia strada tra strade, vento, fumo e nebbia.

Nonostante sia un'idea assolutamente brillante, mi sorge un dubbio. È proprio necessario inscenare la propria morte per sentirsi vivi? E ostinarsi a vivere felici, sentendo la morte dentro al cuore?

Domande da un milione di dollari, che lasciano l'amaro in bocca. Nell'apparente Odissea che vivo, scandita dai fogli di un calendario, qui giaccio, circondato da filamenti di DNA, sangue, ossa, muscoli e tendini, che paiono artificiali. Rimarrò steso sul sentiero sterrato della vita, fino a che deciderò di alzarmi, di uscire, di ubriacare l'aura. Sono sepolto vivo, per mano del destino, dormirò con i miei fantasmi, in apparente torpore. Fino a quando ne avrò voglia.

E forse è proprio nascosto lì, il mio segreto, in una singolare mostra d'arte contemporanea senza invitati. Ci sono soltanto io, e c'è quella donna splendida, dalla bellezza pungente, che mi guarda nel quadro dopo aver fatto l'amore. C'è quella donna, che so già di amare.

Forse per la prima volta.

10

LIBERTÀ.

Da quando pronuncio questa parola, ho scoperto i miei desideri. Esclamando *Libertà!*, talvolta ho due visioni distaccate della stesso universo, da un lato un politico corrotto, che la etichetta come *fuga dalla realtà*, dall'altra un prete scopatore di bambini, che grida al *danno cerebrale*. In quel frangente, divengo un sorriso su due gambe, estasiato dal paradosso.

Ma cos'è realmente la libertà? *Liberté Egalité Fraternité*, lo trovo un concetto fantastico, nonostante trovi insopportabili i francesi. La libertà è un fuoco intimo, una potenza generatrice, un fiore all'occhiello, ma al tempo stesso è un'emozione astratta, lucidamente indecifrabile. È direttamente proporzionale alla felicità e al sacrificio, talvolta è contraria alla vita, alla fortuna, al destino ai bagliori celesti, come la storia ci ha insegnato.

Avvolgo i miei pensieri in un velluto trasparente, che lascia trapelare le mie visioni, pulite come ghiaccio. Così posso camminare su un sogno, cercando di raggiungerne l'orizzonte, ammesso che esista. Libertà significa far parte dell'esercito del sole, diventare lava incandescente e lasciarsi avvolgere-travolgere-illuminare da ogni emozione, cancellando i contorni e scovando le essenze.

Chiudo gli occhi, ritrovandomi nella mia personale Yellowstone. La libertà è una scritta su un muro, del buon sesso, una città illuminata dalla neve, è scoprire esperienze, posti e persone nuove, essere nudi avvolti da lenzuola di seta, avere la conoscenza e saper scegliere.

La libertà è il mare, un tramonto da fissare nei ricordi, è acqua fresca da bere sotto una luna tranquilla. È parlare, vedere, sentire, fare poesia, sfiorare una pelle morbida, non curarsi del tempo, vivere un sogno che non dorme mai. A volte la libertà è accettare e affrontare le proprie più intime debolezze.

La voglia di se stessi si accende troppo spesso in modo fatuo, come se facesse falso contatto, senza trovare combustibili concreti, probabilmente per mancanza di sogni e personalità.

Amico mio, nulla è visibile se non gli si presta attenzione, l'ego ha bisogno di evoluzione ed espansione, attuate da vie traverse come un assassino che arriva alle spalle per tagliare la gola della sua vittima. Mi guardo allo specchio, la coscienza si spacca, posso uccidermi osservandomi. Eppure attraverso il mio riflesso vedo occhi assetati, un sorriso armonioso, una bellezza emostatica che fa passare la vita apparente in secondo piano. L'universo è fitto di misteri, e nei miei giorni assuefatti dalla noia raccolgo i fiori del mio segreto, profumati di libertà. Guardo il cielo attentamente, dai vetri della finestra, cerco i confini di una galassia inesplorata, ai cui margini fluttua il mio sogno più nascosto. Nei miei desideri si fondono i misteri di questo osceno universo, due opposti in estrema e inesauribile contraddizione, uniti dalla notte.

Sbottono la camicia, liberando il collo profumato, finalmente senza cravatta, anche quella è una forma di liberazione da una gabbia, indipendentemente che sia di seta, di acciaio o di tumulti.

La libertà è complicità con se stessi, superando i confini insediati nel cuore e nell'anima, abbattendo muri e barriere di ogni sorta, convertendo i training abituali che si usano per zittire il proprio spirito confuso, e la voce degli psichiatri, bravi soltanto a fare domande. La vera libertà è il non credere in nulla se non nel coraggio, nell'intelligenza, nell'adrenalina, nella paura, nel viso di una donna.

È uno sfogo che sa di classico, lontano dagli schemi di entità come Dio e Allah, Gesù Cristo o Maometto, schiavitù irritabili e sempre più effimere, della mondanità del ventunesimo secolo, che serve per scavare nell'animo umano, in cerca di una bellezza emozionale che abbiamo lasciato annegare per nostra stessa colpa.

Da anni è proprio il concetto di Dio e di ogni forma di credo "esterno" che vedo abbattuto e superato, e, come disse anche Baudelaire, non ho mai escluso che Dio e Satana, mentre si combattevano, si dessero in segreto la mano.

Quando mi fermo a pensare, da romantico esistenzialista, penso che sarebbe bello in fondo credere ancora in qualcosa, magari in sensazioni vivibili anche una sola volta nella vita, ma poi apro gli occhi e mi accorgo di quanto sia stupido l'uomo, è così grottesco vedere un essere tanto intelligente soggiogato da un concetto tremendamente scarno, o per stare al passo con il mio tempo, con un cavillo o, ancora peggio, un vizio di forma. È forse questa la libertà? Non è un'illusione che odora di prigione? Dove cazzo sono finiti i veri valori? Getta il cuore oltre gli armistizi della ragione, supera le fantasie, non avresti voglia anche tu di un mondo nuovo, lucente?

E non confondere tutto questo con l'anarchia, saresti fuori strada e mi daresti un dispiacere. È semplicemente libertà, profumata e liscia come il seno di una donna, o come un ottimo whisky, per capirci.

Amico mio, vorrei che facessi un tentativo insieme a me, tu puoi farlo, perché conosci sicuramente questa sensazione di incompletezza che mi pervade. Sfiora i polsi, poggia un dito sulle tue vene, e poi ascolta, molto attentamente. C'è un'eco dietro i palpiti del cuore, che arriva quando il sangue si fa più puro e denso.

Quell'eco di battiti flebili e indecisi è la tua libertà, non lasciarla in silenzio, non esserle indifferente, sarebbe come perdere l'acqua. Essa getterà indietro il plasma, saturo di sogni ed emozioni adrenaliniche, fino al cuore, nei meandri del miocardio. Da lì partirà fluido, per ossigenare ogni tua cellula, e ricreare la tua naturalezza. Tornando originale, con il vantaggio di una luminosa esperienza, potrà rinascere la tua potenza, e la linfa vitale che ti indurrà a ritrovare la tua anima sepolta. La riesumerai, un giorno, ti sentirai un profano nel regno dei morti, e ne sorriderai, estasiato dal buio e dai corvi che così a lungo ti hanno imprigionato, tenendo nel becco il tuo passaporto sbiadito. Ti renderai conto di poter aprire nuove strade e creare nuove idee, battendo terreni sconosciuti alla tua stessa immaginazione. Troverai la curiosità di un pirata immaginario in cerca dei confini del mondo, scoprirai di avere la forza di una divinità greca, rinnegando ogni forma di negligenza e remissione. Sarai immortale, anzi, per pochi e infiniti secondi, sarai te stesso.

Il tuo pubblico, composto dai tuoi molteplici Io, ti applaudirà, ti sarà vicino in ogni istante, dal primo all'ultimo, come ogni attore-spettatore, come ogni specchio invisibile, come il sangue dietro la cocaina. Sorrido silenziosamente, e chiedo attenzione al mondo circostante, a metà tra un dittatore e un direttore d'orchestra.

In una delle mie vite precedenti ho provato una sensazione simile, ma sono rimasto deluso, allora fu l'*amour* a mettersi in mezzo, a ostacolare il mio percorso, lo ricordo come fosse ieri. L'*amour*, che con la lingua disegnava il contorno del suo sorriso bastardo, fermò il corso delle cose, ad un passo dalla libertà, la meta più ambita. Potevo toccarla, sentirne l'odore, comprenderne i segreti, ma indugiai, costruendo con queste stesse mani il mio patibolo, e seco la condanna ad un'altra esistenza di folli ricerche nell'ego. E nel tempo. Una notte di sesso e sentimenti mi crocifisse. *Rien ne va plus.*

Ero convinto che *amour* e libertà avrebbero potuto salvarmi, se fossero stati una cosa sola, ma sbagliavo. Sarebbe stato come chiedere al sole di brillare tra la luna e le stelle in una notte placida, o come chiedere a un bambino sereno di generare violenza e dolore. È soltanto una coppia di parole, estremità che danzano nell'effige dorata dell'antitesi, come guerra e pace, bianco e nero, vita e morte, inferno e paradiso, suono e silenzio. Dopotutto non fanno neanche rima fra loro.

Anche davanti a un miliardo di persone chiama libertà quella che non è libertà, *amour* quello che non è *amour*, e vita quella che non è vita, pur di non ammettere di non averci mai capito un cazzo; io andrò oltre, ricompattando il mio mosaico.

Ho avuto un'illuminazione, in preda al delirio e al vino, ho preso carta e penna, e ho provato un piacere che appariva appannato da troppi anni trascorsi a vivere come tutti gli altri.

Ho provato piacere, un piacere immenso, come se avessi fatto l'amore. Una poesia che ha rotto il gelo, spaccando di nuovo in due parti ciò che resta di me, scandendo la composizione di immagini che mi rappresenta.

Un giorno antico ho rinnegato l'esistenza di Dio
giocando a nascondino con le mie paure
ho combinato tra di loro equilibrio & follia
trovando l'elisir in un bicchiere di vino.
Mentre scorrevo fra le pagine di un libro in disuso
ho scoperto della seta nera per inebriarmi
della mia condizione di uomo perbene
ma non tutto ciò che è oro alla fine risplende.
Ho coperto così quella tela sporca che è la mia vita
con l'immagine opaca di un fiore non colto
per non farmi infettare dal virus decadentista
specchio delle brame della gente sconvolta.
Da un bambino disabile ho imparato a sognare
da una donna stuprata ho imparato il perdono
ma non c'è mai giustizia e non esiste rimedio
non esiste uguaglianza e non si accende l'amore.
Tra le lacrime del mondo ho imparato a vedere
che i nemici si dissetano avvolti dall'ombra
e ognuno dei singoli raggi del sole
sa far breccia nella pelle di ogni uomo che muore.
A volte penso che il diritto sia inalienabile
e che il bisogno sia qualcosa che bisogna pagare.
Potrei essere acqua, luce, sesso, droga o tramonto
ma il mondo ha diritto o bisogno di avermi?
Mi sento spesso più lontano dai pensieri coscienti
facendo dei miei sogni una città ideale.

Non mi sento libero e la mia follia si sparge come polvere su tutti i miei organi, sui miei occhi, tutte le mie funzionalità vanno inevitabilmente a scemare e provo un senso di distacco totale che sa di resa. Soffro in silenzio, come sempre.

Se una perla di polline mi volasse accanto, trasportata dai monsoni, potrebbe vedere il mio cuore infranto, mentre alzo gli occhi e vedo un cielo scuro già pronto alle lacrime. Le nuvole mi chiamano in modo leggero, come le sirene con Ulisse, ma faccio finta di non sentirle. In un istante piango, all'improvviso, insieme al cielo, penso a lei e mi uccido un altro po'. Vorrei avere delle ali nuove per volare via da questo maledetto inferno che sto vivendo, ma non le ho mai trovate, e non ho mai chiesto aiuto a nessuno. Maledetta timidezza. Chissà in quale momento della mia vita sono stato travolto da tutto questo, me lo chiedo spesso.

Con una nebulosa che minacciava ogni angolo del cielo tutto è apparso più semplice, con foglie cadute dagli alberi come stelle, e poche gocce di piogge acide on the road che hanno sparso e impresso nell'aria l'odore di terra umida. Io la respiravo, sereno, come se riprendessi il mio ossigeno sprecato. Sembravo all'interno di un disegno, ed era fantastico. I miei lamenti essiccati hanno lasciato il segno sulle mie lacrime, ma le ho già lavate via.

Con una poesia ho ripreso parte della mia vita lasciata in sospeso. Tutto questo però mi sta stretto, vorrei di più. L'ho sempre voluto, quel dettaglio di troppo per provare a sfiorare la mia ideale perfezione. La mia ideale liberazione.

11

Avrei bisogno di salire su un treno e di andare via, lontano da casa, lontano dal cuore, e da tutto ciò che abbia già visto.

Vorrei che fosse venerdì, per darmi una visione più romantica, lo sprint dell'inizio del weekend, e rendere suggestiva e significativa questa mia voglia di evasione. Sogno la maestosità di Vienna e la sensibilità di Lugano, la poesia di Bologna e la semplicità di Nizza, l'élite di Londra e la malinconia di Praga, l'arroganza di Monaco di Baviera e la quiete di Helsinki. Mi immagino senza più controllo, libero di essere, di agire, di mettere in pratica, di fare progetti, di sognare e mettermi costantemente in gioco. Di lottare, perché per la libertà, che significa gioia, stupore, emozione, *amour* e successo, bisogna lottare. E di questo non mi stancherò mai.

A volte ho paura che sia troppo tardi per sentirmi nuovo, ho il terrore di diventare pazzo senza motivo, e l'idea mi strugge. Sono troppo intelligente per impazzire. Il mondo gira intorno al sole, e io intorno alla mia pura debolezza, con cui dovrò passare una vita. Penso a questo e mi butto giù, inesorabilmente, sono succube di me, soffro e nessuno riesce ancora a vederlo. E così la mia lucidità perduta, così passionale, così calda, sfocia come un fiume in mare, immenso e oscuro, pulito e profondo. Perdo il controllo e riesco a piangere, sperando che in questo modo l'anima da sempre incompresa faccia svanire questo maleficio. Lo vorrei tanto, anche con un semplice fiore, come una rosa, nera, artificiale come tutte le persone vuote, che condannerà tanti cuori a una vita apparentemente felice. Penso troppo a tutto, mi sono sempre fatto troppi problemi, un principe di paranoia, non sopporto l'idea di fare del male, di non piacere agli altri, non penso mai a me, né a ciò che amo. È la barriera che ho posto tra me e il mio vero Io. Dovrei fare del volontariato.

Vorrei liberarmi.

Esco, vado di nuovo al mare a cercare il conforto della dolce potenza generatrice. È il mio posto privilegiato. Proverbiale luogo scrigno della mia epurazione, oggi queste onde sembrano evocare il male. Mi innervosisce una scena del genere, ma resto lì a guardare gli orizzonti, il cielo è tetro e l'aria profuma di pioggia. Appare tutto come una netta antitesi, sono solo e mi guardo intorno, non ho bisogno di nessuno, e finalmente mi sento messo a guardia di me stesso.

Mi calmo, trattengo il respiro con l'aiuto di una sigaretta, lo rilascio, accendo ancora una volta la girandola dei pensieri. Sento di avere voglia di me, di desiderarmi con tutte le mie forze, ma resto senza candide speranze, penso ai miei tortuosi e infiniti contrasti, sorrido senza un perché ma voglio piangere, nuoto ma voglio affondare, prego ma so bestemmiare, soffoco ma riesco a parlare. Godo ma provo dolore, perdo ma so anche trovare, scrivo riuscendo a cantare, urlo senza fare rumore. Ma sogno ancora, anche senza dormire, vivendo anche senza sognare, mi sento un filosofo irriverente.

Vorrei essere la fiamma di un incendio, che si distingue dalle altre ma insegue la sua folla, la sovrasta e attacca i rami e le foglie più fragili. Vive la sua vita d'impulso senza pensare al futuro, metafora della vita umana che lentamente si dissolve divenendo cenere assopita, da non svegliare più. La fiamma cerca il mio stesso ossigeno, per poco tempo potrà avere il mondo ai suoi piedi, con la sua forza dirompente, avvelenata pian piano dal ciclo vitale e dall'egemonia della morte, che la spazzerà via. Ma fino a quel momento, nulla la distrarrà dalla sua opera di distruzione. Una fiamma riesce a scaldare chi patisce il gelo, e può torturare lentamente chi si prende gioco di lei. Il cuore precipita, la forza si innalza, questa fiamma diventa il bene e il male che suonano all'unisono, nello stesso identico universo, infuriando sulle viscere della natura, talvolta trasformandola. Non si cura dell'ecosistema, né del dolore che provoca, pensa soltanto a se stessa, curando il suo accattivante senso della vita.

Lontana dall'acqua, che la soffoca. Lontana dal tempo, che la estingue. Lontana dai rimpianti, che non conosce. È lo specchio del sogno umano, e io voglio essere così. Libero. Libero come il fuoco.

Libero di scappare via. Scappare. Via. Lontanissimo.

Architettare una fuga è come preparare un colpo in banca, bisogna essere sicuri di non lasciare nulla al destino, nulla di intentato, di incompiuto. Bisogna lasciare tutto in ordine, organizzare ogni dettaglio, sicuri della propria scelta, senza tracce di imprevisti o vaghe probabilità. Deve filare tutto liscio come l'olio.

Bisogna essere in grado di distinguere fantasmi ed eroi, fantasie e illusioni, donando un bel ricordo vivido a chi ci ha conosciuto, a chi ci ha amato, o anche solo semplicemente sognato. Farsi desiderare a posteriori è importante, fa parte dell'assuefazione che gli altri avranno nei nostri riguardi, o in quelli della nostra immagine. Bisogna saper concludere il *capitolo* con una frase a effetto che chiuda ogni porta, non c'è posto per i ripensamenti né per i dubbi, perché sarebbe da perdenti, e all'ego non fa certo bene. Guardo all'oriz-zonte i giorni in cui ero un ragazzino, e tutto appariva diverso, lontano da giorni di plastica, dal mio cliché negativista, lontano da bugie dette ad arte e sigarette, tutto era realmente sano e spensierato quando ero un adolescente timido e sbarbato. Poi tutto si è acceso, o spento, questione di punti di vista. Già allora meditavo la fuga, il mio personalissimo colpo in banca (dei sogni o dei futuri rimpianti, chissà), in un'immagine opaca, senza colori brillanti. È passata una decade ma sono ancora qui a piangermi addosso. Probabilmente è solo cambiata la riva dello stesso mare che osservo da sempre, spostata di qualche grado a sud-est. La fortuna non ha mai voluto girare dalla mia parte, è semplicemente questo il problema. Forse anche per questo non ho mai avuto un buon rapporto con me stesso, ma io a questa vita cambierei la faccia e il culo, smussando gli angoli con i quali potrei ferirmi. È un po' come una storia d'amore, c'è bisogno di fiducia, di dialogo, di comprensione, di unità d'intenti, dovrei avere occhi e cuore solo per lei. Eppure spesso invidio la vita degli altri. Strano vero? Il narcisista che diventa, anzi torna, insicuro come tanti anni prima; è un controsenso fuori da ogni logica, sarebbe come vedere un fuoco nel ghiaccio, e stranamente è proprio questa l'immagine che rifletto su ogni tipo di specchio. Un ossimoro, una figura retorica. Sembro regredire a volte, ma lì il tempo e la natura diventano miei nemici, spogliandomi, prendendomi, dimenticandosi di me. Sono un albero, figlio della primavera, senza più fiori o un sognatore che, semplicemente, invecchia? Oppure entrambi? Sono arrivato a una conclusione. Un uomo è tutto e niente, è almeno il venti percento della causa delle sue lacrime, un uomo è la musica che ascolta, è ciò che prova durante un tramonto. Un uomo è parte attiva dei suoi sogni, è la capacità di essere, selettivo, è uno schieramento romantico, troppo spesso politico. Un uomo è il desiderio di condividere un orgasmo e i propri sogni con la donna che ama, è una bugia dietro un sorriso, è l'ingenuità di cogliere una mela. Un uomo è la voglia di scoperta e perfezione, è pioggia sul bagnato, è una coppia di labbra rosse come sangue, è l'evoluzione di una specie. Un uomo è poesia e guerra al tempo spesso, è intelligenza emotiva, è debolezza di fronte ad un nudo femminile. Un uomo è quello in cui crede, è cultura mai superficiale, è libertà, è eterna rivoluzione che scorre nelle vene. Un uomo è ciò che ha scelto di essere, è il suo libro preferito, è fortuna e audacia, è il suo tempo, è un buon vino rosso, è una doccia dopo il tradimento. Un uomo è così fermo, mentre il mondo cambia di continuo, ma trova una nuova forma, da guardare nello specchio dell'anima e della vita vissuta. Un uomo non è altro che un continuo romanzo di formazione, e ognuno, nel bene e nel male, scrive il suo finale, con quella frase a effetto che, a volte, forse una vita intera non basta a cercare. Finire quel *capitolo* è il senso di una vita. Che sia scontato o pieno di suspense, non avrà mai abbastanza importanza, purché sia ben scritto. Io ho scritto tantissimo nella mia vita, con un talento che probabilmente molti scrittori di successo mi invidierebbero, tuttavia non so ancora se io sia realmente un uomo. Un uomo che ha realizzato i suoi sogni, felice. Un uomo, felice. Uno splendido e candido uomo. Restano solo i sogni, con me, ancora da realizzare.

E guardo il cielo, si è fatto buio, finalmente una stella cadente.

12

Dopo il lungo navigare nel ruscello dei miei deliri apocalittici, mi fermo a pensare a qualcosa da cui mi lascio trascinare. *L'amour.* L'unico potere che non sono in grado di controllare, e quel potere mi guarda da lontano. O forse sono io a scrutarlo? Penso a una donna vestita d'illusione, che diventa fuoco e neve intorno a me, mi sento improvvisamente libero di creare l'incantesimo, di uccidere i sospiri di troppo, di sognare al replay. Adiacente al ruscello maledetto, disegno un percorso privo di segnali, in cui incamminarmi.

Sto tornando a casa, ormai è notte fonda, e ascolto quella canzone che mi parla di noi. Sogno ad occhi aperti. C'è lei. Ci sono io.

Distende la sua mano sul mio petto, e le sue dita mi sfiorano come fossi una chitarra acustica, in un arpeggio delicatamente interiore. Il suo tatto diviene una melodica carezza dei sensi, è allora che la calma del suono si specchia nel rossore di un sole, che malinconico, volge il suo sguardo, sempre più astratto, verso l'orizzonte di un'alba che può essere tramonto. Nella calma i movimenti divengono gesti abili, e anche nella furia di un bacio appaiono lenti.

Ognuno di questi si fa spazio nel suo attimo senza rubarmi il tempo.

Lei suona le corde della mia intimità, e lentamente si insinua tra i velami della mia delicatezza. Traccia i contorni e si ferma a disegnare minuziosi ricami, mentre le carezze al cardiaco pianoforte scandiscono le pause e le accelerazioni di un moto incessante e sinuoso. Ho sempre definito quella nostra canzone un momento di erotismo privato. In spiaggia con lei, vicini, con le mani nelle mani, guardavamo insieme le onde infrangersi su sogni, pensieri, problemi di quest'età maledetta e meravigliosa.

Una fredda goccia di acqua salata si faceva strada tra le nostre parole, e io pensavo a quelle che ho tenuto segrete, alle notti trascorse, a persone lontane, a ciò che ci avrebbe atteso al varco. Immutabilità di un luogo in eterno divenire, inerzia emotiva di ricordi preziosi, fondamentalmente immortali. Ascolto così la dolcezza di una melodia intrisa di malinconia, e la serenità di un cuore, nella cui forza risiede la sua più intima debolezza... fu prima analisi di me stesso.

Decido di andare incontro all'orizzonte, proprio lì, dove abbiamo rubato la scena al tramonto. Passeggio silenzioso, sconvolto da lei e dal rumore del vento, mi chiudo in me stesso ancora una volta, sotto il cielo stellato che con il freddo appare ancora più lucido, ma stavolta lascio la fessura della porta aperta, senza far nemmeno scattare la chiave, per darle modo di seguirmi.

Ripenso a tutte le sensazioni che ho provato, lasciandole in silenzio, ai suoi sguardi, a ogni suo gesto, a tutti i piccoli dettagli che hanno contraddistinto i nostri passi insieme, alla mia voglia di lottare, che con lei ha ripreso forma. Mi chiedo se possiamo chiamare *amour* tutto questo, se sia la parola adatta per descriverci.

Ci penso continuamente, da un po' di tempo, senza trovare le risposte, eppure nel nostro tempo ci sono emozioni che non ho più conosciuto, come un bacio interminabile, la voglia di scoperta, o il desiderio di conoscerla un po' per volta, fino alla completezza, in una sorta di antieclissi lunare. Quando sono con lei mi sento vivo, mi sento immortale, anche la smania di morire passa in secondo piano. Ho semplicemente bisogno di viverla, di vederla sorridere, di abbracciarla, di saperla felice.

Cerco la sua pelle morbida in entrambi gli occhi del ciclone, talvolta invano. È una frase che raccoglie tutta la mia malinconia, lasciandomi in un collagene da cui non so scappare. Ma poi la vedo, concentrandomi su ogni suo tratto, e tutto torna calmo. Nei suoi sguardi posso riflettere le mie sensazioni più profonde, posso vedere i miei sogni dimenticati, facendoli rinascere in attimi che non hanno ritorno. E lei sa già quello che sto pensando. Lo sa sempre.

È come se ci conoscessimo da una vita, ma nonostante non sia così, per lei è come se fossi un libro aperto. Mi capisce, mi entusiasma, mi trasmette riverberi di sesso e baci in successione, e la voglia di ripartire da zero. Serenità. Può darsi che lei non voglia queste mie parole, ma escono allo scoperto da sole, in un vortice di realtà e desideri uniti da catene.

Da quando lei è mia nulla è più lo stesso, e rifarei ogni cosa che ci ha avvicinati, se potessi. Dieci, cento o mille volte, non farebbe alcuna differenza. Il fine giustifica i mezzi, no? A volte penso che non c'è nulla, di ciò che facciamo, che non sia possibile fare.

Paradossalmente, non c'è nulla che possiamo dire, ma possiamo sempre imparare le regole del gioco, non ci resta che imparare come essere realmente noi stessi. Basta un po' d'*amour* e non vedremo nulla che non sia visibile, semplicemente. Sembra una favola da raccontare a un infante, non è vero? Eppure tutto questo, il solo ricordo di ogni dettaglio scolpito nei sensi e nella memoria, sembra acqua bollente su carne viva, e fa male. Perché a volte l'*amour* è dolore, che ingloba il senno. E rimango impassibile, inerme, come una di quelle fantastiche guardie che tentano di celare Buckingham Palace dagli occhi più indiscreti.

Probabilmente la peculiarità dell'*amour* è viverlo in gran segreto, per coglierne il brivido. Sapessi quante coppie vedo amarsi clandestinamente, caro A., quando in pieno inverno vado al mare con penna e fogli bianchi, in cerca di magia. Li guardo e gli sorrido, loro mi ricambiano mostrando occhi pieni di gioia, e forse il bello dell'*amo-ur* è proprio questo. Sognare sensazioni tangibili, vivendole con la bellezza di un'intensità che non è mai a intermittenza, dimenticando l'inazione della quotidianità.

Mi chiedo se sia mai esistita una donna capace di eclissare le vitree sofferenze di ogni uomo dotato di intelletto e romanticismo, che riesca a spargere nell'aria la voglia di viverla, di vivere, di non lasciare spazio al rimpianto. Allo stesso modo, mi chiedo se un sentimento autentico si possa ancora notare in ogni tipo di epoca, fuggendo ogni sorta di insidia, pudore e falsità assoldate dal fato.

E subito dopo rispondo di sì, più sicuro che mai. Nella società in cui viviamo non c'è spazio per l'*amour*, per i sogni, ma conservo una speranza. Credo di aver bisogno di crederci ancora.

Respiro la primavera ormai alle porte, penso a lei, la disegno all'interno di me stesso, convinto di poterla ricreare da ogni sogno. Penso a dei baci nascosti, tra una sciarpa e un foulard, ai suoi occhi portatori di emozioni, alle sue mani scaldate da un freddo diverso, a pensieri e immagini di noi sessualmente trasmissibili.

Con lei credo di poter volare, convertendo i miei veleni, vivendo e parlando, camminando tra le viole, ponendo l'assenza di gravità oltre ogni pensiero e ogni camera da letto, cercando giorni migliori nel labirinto della vita. Sono un'anima smarrita che non chiede che un bacio, ancora una volta, per essere migliore, e tornare umano. È rimasto così poco di me di tale natura, che fatico a trovare un perché, barricandomi nella mia immagine migliore. Peccato sia solo un lontano ricordo. Sono stato per molte lune in silenzio, assente, rifiutando anche solo l'idea di osservarmi allo specchio, ero pronto a morire senza vivere. Poi è arrivata lei.

L'indifferenza non ha una strada da seguire, e nessuno dei miei Io potrà percorrere quella lunga scia di ignoto, ho soltanto bisogno che lei sia mia, almeno per un altro giorno. O magari, un'altra notte. Potrò tornare a folleggiare, a vestirmi di nero, ad ascoltare battiti di cuore reali, in costante vicinanza l'un l'altro, a gustare il tabacco amaro della vita, fino a nuovo ordine.

Un grido dell'anima si insinua nel mio mal di schiena, a volte è come se i miei concetti tortuosi si insediassero nel midollo spinale, recandomi dolore, quasi a sussurrarmi di non pensare troppo. Lei a tratti è psicosomatica, e credo che a volte non serva per forza far lavorare la mente, basterebbe lasciarla libera di respirare, di ritemprarsi e ossigenarsi, lasciando spazio al cuore e alle emozioni, alle labbra e alle mani. La vita mi logora, e io faccio lo stesso con le mie sinapsi, sottolineando ciò che voglio combattere, ciò che voglio conquistare, ciò che desidero, probabilmente alla persona sbagliata.

Vivo, vulnerabile, non apprezzandone il senso, trascinandomi dietro ogni giorno. Forse non vivo, per un desiderio di resa che si fa nitido ogni volta che può. Mi sento sommerso da un mare di degrado emotivo, che impone ai monsoni dell'ego un'altra direzione, tracciando le traiettorie da decantare alle onde torbide, traghettatrici di caos. Mi chiedo se questa fanciulla appena sognata e disegnata sia in grado di guarire i miei tagli, leccando le mie ferite e le mie labbra, la cerco in ogni angolo del cuore, in ogni strada che porta alla libertà, in ogni domanda senza risposta. Che sia solo un sogno? Perché non possiamo volare insieme? Dov'è che sto realmente correndo per trovarla? Provo a dare un'occhiata in giro, cercando dei segnali lasciati tremare dal vento, messaggi in codice della giovane donna che increspa le mie acque e le mie innocenti perversioni. Vorrei dissuaderla dalla corteccia cerebrale per porla sullo strascico dell'iride, con una forma, un colore, un profumo, proteggendola da ogni male. Anche da uno sguardo è possibile cogliere una fragranza, dopotutto l'*amour* è anche chimica, che sia ormonale o meno non fa alcuna differenza. Intorno a lei immagino volteggiare un'essenza di vaniglia, muschio bianco e miele, vale a dire dolcezza sofisticata, eleganza astrale, erotismo fugace. Tento di non perderla mai di vista, penso a lei in ogni istante denso di ignoto, mi chiedo cosa faccia lontana da me. Vorrei averla vicina, farle baciare le mie lacrime, dedicarle una canzone, stringerla forte durante l'applauso, svanire insieme nella notte più scura. Fare l'amore con lei, e donarle il cuore in eterno.

Vivo una notte piuttosto scadente di emozioni, non un rumore, non un soffio di vento, totalmente anonima. Penso spesso di notte, mi aiuta a vedere le cose con maggiore chiarezza, e soprattutto perché la notte è tutta per me, come se avessi una sorta di diritto di prelazione. Durante ogni giro di luna mi accorgo che passano i giorni, passano i mesi, passano gli anni, si cambia e si cresce, troppo in fretta. Si diventa adulti, un minuto per volta, e forse proprio per questo, la vita mi spaventa. Probabilmente lo scorrere del tempo mi terrorizza ancora di più della morte, perché non c'è cura che fermi la sua assurda corsa, così tutto cade inesorabilmente, ogni cosa si affievolisce e muore, diventa polvere. Ho capito che il mio sentimento di irrazionalità (o forse il contrario) sfida la vita, è luce ad una finestra, vicino ai vetri una candela spenta. Sogni schiusi tra candidi veli, un pianto triste di lontananza, come la lacrima che si è posata sulla candela.

Che strana notte quella, sembrava come si fosse svegliata anche lei, ha iniziato a piovere, e il profumo di pioggia portava con se una calma infinita, inesauribile come i pensieri che attingo dalla mia fonte. Sto pensando all'*amour* adesso, ma non so interpretarne la precisa sfumatura che mi serve, quello dolce, sarcastico, romantico, quello incentrato sul sesso, quello lontano, perduto, tradito, statico, e via dicendo, quanti tipi di *amour* esistono. In molti casi non è facile fuggire lo sguardo vigile della propria coscienza, ma non bisogna nemmeno lasciarsi morire i giorni addosso senza goderseli, senza amare, senza guarire le proprie ferite, come ho sempre fatto io. Bisogna tentare di capovolgere il mondo, gli schemi degli psicodrammi e le leggi della gravità, i confini del cielo e della terra, oppure semplicemente, l'impossibile. La mia rivoluzione è pioggia sul bagnato, un castello di sabbia che non lascerà spazio agli eredi.

Vorrei che la mia rivoluzione includesse questa donna fantastica, un sogno reale ancora incompiuto nel suo disegno totale.

Vorrei che mi portasse vicino al mare, tenendomi per mano come terrebbe il suo bambino. Ho sempre voluto sentire il suo calore e il suo corpo sotto le lenzuola, una volontà rimasta vulnerabile.

Lei mi lascia perplesso, non è certo il modo più elegante per dirle *Ti amo*, non so neanche io quale sia, ma non ho la solita padronanza dei termini adatti. So solamente che provo piacere al suo contatto, ammesso che esso esista. Vorrei confessarle che la desidero, vorrei che mi trattasse come un dio e che mi lasciasse appena il respiro per dirglielo ancora. L'*amour*, che ingenua perversione.

È quella droga che sa corromperti, scomporti e devastarti, senza pietà. Lo provi gratis la prima volta, ti regala uno stato di euforia, poi di necessità, poi di dolore, e quando te ne accorgi hai già iniziato a pagare col sangue. Comunque sia, vorrei che lei mi saltasse addosso senza alcun imbarazzo, e che poi mi divori, perché per lei ho frantumato ogni ritegno. Spero che venga, e che mi porti via dalla luce del giorno. Un'allucinazione, come quelle causate dal Valium di cui abuso per riuscire a dormire, che mi riporti nel Paradiso della Follia, permettendomi di sognarla almeno un'altra volta.

Vorrei alzare il volto, passo dopo passo, guardare gli occhi delle persone, studiarne gli stati d'animo, immaginare i loro nomi, sorridere felice e spensierato, con lei al mio fianco.

Caro A., colgo una rosa dal giardino dei sentimenti, accenno un sorriso, socchiudo gli occhi, e immagino un suo bacio. Sai una cosa? Credo di essere innamorato. Che sia lei l'ultima occasione per rinnegare l'abbandono? Mi chiedo se sia la donna dei miei sogni, se sia l'ultima occasione per mordere la felicità, se sia giusto aspettarla prima di partire. Sono afflitto da mille domande, da vortici di pensieri pallidi, come quando si è in fila in banca, e tra i quesiti cerco la mia strada. Vorrei esserne geloso, farle capire tutto ciò che ho in testa, essere parte del suo mondo, farla parte del mio, senza dubbi o segreti, paure o premure, senza limiti.

Vorrei pregustare ogni lunghissimo istante che mi separa da lei, immaginare ciò che sta per dire, piccoli dettagli di un sogno chiamato *amour*, che forse abbiamo perso di vista, presi dalle nostre vite così vicine e lontane. Ho davvero bisogno di crederci ancora.

Invece sono qui, con la testa tra le mani, aspettando qualcuno che mi porti via.

13

Riciclo i miei pensieri, ancora più inquinati, in cerca di qualcosa che ho perduto chissà dove. Razionalità densa di sogni e priva di un cuore, lasciato in un parco a germogliare sotto le piogge, paesaggio sublime creato per assorbire le mie emozioni e ingoiare la mia mente, capovolgendo schemi e corpi che si muovono sinuosi, come nuvole e ombre. Sento una droga nella pelle, pesante come i metalli di un tatuaggio maori, e cade come un vestito di seta tra i tacchi a spillo dei miei abissi, svuotandomi l'anima e amplificando desideri di sesso e miracoli, di vita e morte. Quando arriva la notte sento così il bisogno di fermarmi, di perdermi in un libro già letto, vivendo una falsa sorpresa con tanti sogni in testa, appena nati, senza rabbia.

Nascondo i miei occhi tra le righe di quest'antologia invisibile, senza poter scegliere il finale, senza versare lacrime verticali. Illuminato da una stella solitaria che indica Venus, perdo i miei sguardi tra le nuvole alate e opache sulle quali riversare le mie ombre. Chiamo la ragazza-angelo che mi sorride, nuda e misteriosa come nelle mie fantasie migliori, la osservo, mi avvicino a lei e le bacio i capelli, il cui profumo indugia nell'aria umida del mattino. Lancio un grido silenzioso, come un vangelo apocrifo, mi spoglio dei miei sogni entrando dentro lei, le mie labbra esalano sospiri rock, parole mai pronunciate, lasciate tra le braccia di monsoni nobili e veloci, di pollini invisibili. Una luce presa in prestito da un'altra generazione mi abbraccia da dietro, come per scaldarmi, provo a confonderla con un buon vino rosso e una candela accesa, per poter fuggire da lei. Ma in quel traffico di pensieri, con la valigia mediamente vuota poggiata sul bordo del letto, sono già pronto per partire, con una dannata voglia di noi, un bisogno disperato degno della migliore assuefazione. Sangue e sentimenti spacciati dal cuore, come cocaina impura agli angoli delle strade. Lacrime talentuose annodano gli occhi incendiando i miei blackout, accrescendo un ego smanioso di borderline e utopie inconsce, dove ingoio tritolo con la morte di fianco. Penso a lei, la sogno, la tengo per mano, e forse, inavvertitamente, sono ancora vivo. Libertà di movimento inchiodata dal tempo, tra mille onde fluorescenti e qualche bicchiere di troppo, che intorpidisce la mia strada, fatta di amplessi eterni, di passioni notturne. Mi osservo nei volti distratti della gente, nelle strade più infuocate, smarrite tra troppe parole silenti e inebrianti, soffici e oppiacee, fluide come inchiostro. Parole nate come fiori, inventate come fiabe da raccontare a un bambino. Parole e bugie, dedite ai miei pensieri, alle mie perturbazioni. Cammino sulla strada dei narcisi, dove vedo bottiglie di nonsenso, pensieri dietro un vetro, luci fredde e ferme, gocce a intermittenza, soffi leggeri che accarezzano la schiena, rendendo sinuosi i miei movimenti, coralli di tenebre, in questo dedalo di amore, disincanto, e onde radio.

Voglio essere libero di diventare qualsiasi cosa desideri, libero di scegliere cosa sia giusto per me, libero di essere parte del mondo che mi ha generato. Creare origami di felicità da far fluttuare in acque limpide, e abbandonarmi a lei. Vorrei amarla fino a spogliarmi l'anima, fondendo dentro di me sangue e rivoluzione, sentirmi scivolare addosso vita e sogni, dolore e invidia, smarriti sulla mia strada. Vorrei sentirmi libero, semplicemente capace di amare.

Mi nutro di poesia e di giorni in fotocopia, tentando di convertire le mie attitudini. Una chitarra elettrica e un bacio rosso di passione potrebbero salvarmi la vita, in questa selva spinosa e demoniaca, ma forse è solo un sogno. Assorto in questa fitta vegetazione di pensieri, idealizzando un sorriso opaco, unisco di disparità e leggerezze, con pezzi di illusione inviluppati come nastro adesivo. Rimango latente come un virus, rinunciando per sempre alla mia identità, con l'anima spaesata che fluisce dentro e fuori, come una tempesta creata in laboratorio. Le mie urla si disperdono nello spazio circostante, freddo e luminoso come una notte di luna piena, uno specchio rovesciato. Il cuore si elettrizza tra sangue e brividi, tra libertà e spasmi muscolari da cui fuggire, con gli occhi sempre aperti. Mi tuffo di slancio nel lago dell'eco, baratro d'azzurro in cui fluttuano nebbie e fantasmi, dove acqua e fumo si fondono. Sic me absolvo, sorvolando finalmente ogni inquietudine, rendendo eterno il regno dell'in-sonnia, tra tormento e scoperta.

Simultanee, le nostre figure prendono spunto dalla realtà, per creare una cornice che abbia il sapore di una fotografia. Figure di uomo e donna che disegnano gli spazi, e riempiono i vuoti. Anime dannate costrette a rincorrersi, e a non trovarsi mai. Dov'è il nostro amore? Il mondo continua a correre, posseduto dal tempo, tutto è il contrario di tutto, il niente ha un senso, emozioni contrastanti nello stesso cuore. Cerchiamo una visione, nascosta dietro una porta da cui uscire insieme, in istanti che il vento di ottobre porterà via, disperdendoli nel freddo dell'inverno, tra una suggestione e l'altra.

Proprio lei, insieme a tutte loro, sembra essere svanita, ma la sento vicina, come una sigaretta alle labbra. Sono rimasto in riva al mare, a scrutare l'orizzonte, aspettando il tramonto e le idee lasciate per strada. Posso ancora percepire l'eco delle sue parole in preda al delirio, quando mi collocava ai confini splendenti del mio mondo, quando mi chiedeva di amarla, scoparla, e portarla via, il più lontano possibile. Una volta arrivato il crepuscolo, in toni freschi e accesi, capaci di allietare la vista e la psiche, ho perso d'incanto il senso del tempo, dello spazio. L'impatto con l'iride era tutto ciò che desideravo, così che imperversasse dentro di me, infettando il mio sangue.

Per un attimo ho visto il suo viso, tra le righe di quel cielo infuocato, come fosse una diapositiva. Un fuoco sotto una pioggia leggera, un orizzonte che mi confonde, e scorre dentro, come un veleno, fiume nostalgico, asettico, miocardico, in cui versare sangue e lacrime, e rendere tutto gioioso, giocoso, osceno, nel mare freddo della vita, o su uno scollato post-it della mente.

Oro, argento e tramonto, il suo ventre sul mio, colori freschi all'interno di un quadro. Alzo lo sguardo e la cerco tra le stelle, nei miei cieli di Valium, e nei miei brividi fugaci. La chiamo, ma la mia voce non riesce a sfiorarla. È il bianco e il nero di tutto il nostro essere, lontananza astratta che non smette di stupirmi. In questa pioggia, nella sua infinita bellezza, vedo la sua anima inquieta che gioca con la plastica. La sua bocca chiama il mio sesso e io la osservo da lontano, seduto su una panchina sporca di città. La mente proietta sugli occhi languidi elementi di noi che non riesco a ricordare, attimi vissuti in fretta con la voglia di stupirsi, e la paura di dimenticarsi. Ogni parola si ferma, si placa e si spoglia, mentre guardo attraverso i suoi occhi e i suoi vestiti, cercando un bacio indecente.

L'amore è febbre, che ti debilita con notti tormentate, lasciate lì a terra come fiori calpestati. Amore sedato, in attesa di riesplodere, confinato ai margini del cuore, interrato come una mina sotto gli archi e le guglie del tempo. Attimi scomposti, che gridano ancora il suo nome, in attesa di labbra morbide, occhi socchiusi pronti a scivolarmi addosso, sulla pelle, tra ossessioni chiuse a chiave dall'in-terno. Ogni cosa danza intorno a me, oltre la realtà, oltre i pensieri, nel suo amore distratto cerco il mio rifugio, proprio in lei che mi ha usato, scopando i miei sogni, e la mia euforia. Coltivo ogni dettaglio del suo corpo, come un fiore assetato di acqua e amore, lontano dalla mia età, dalla mia realtà, da ogni sogno erotico. Capelli e cuore di onice puro, il seno profumato, guardiano di un'anima cupa e incandescente. Le mani, artefici di piaceri e magie, gli occhi scuri come notti intriganti e innamorate, in cui perdersi per ore intere.

Posso sentire ancora il suo contatto, il cuore sulle labbra, come in quella notte. La notte. Notte.
Che strana notte quella, sembrava si fosse svegliata anche lei, tra i riverberi della pioggia. Speravo solo che lei venisse, portandomi via dalla luce del giorno. Con le sue mani morbide e rosse sembrava comparsa per liberarmi, il varco era vicino e io sentivo già il tepore. All'improvviso, lei si lasciava andare, bruciando per me, io mi limitavo a leggere nei suoi pensieri intraprendendo il mio viaggio in Paradiso. La spogliavo seducente, e lei faceva altrettanto. Davanti ai suoi seni prorompenti restavo gelido nel mio infinito, ascoltando l'eco delle mie urla. Avevo paura, mi chiedevo se lei fosse lì con me solo per usare la mia mente, ma volevo soltanto evadere e rinascere, per vivere di nuovo, chiudere i rubinetti dell'ansia. Pensavo *perché pensi solo a scoparmi invece di ascoltarmi?*

Sto perdendo i miei sogni e tu sei lontana... pensavo a un'altra situazione e le chiedevo di muoversi come un angelo. Chiudendo gli occhi la sentivo chiamarmi, mi chiamava il sole, mi chiamava il mare, mi chiamava il cielo stellato. Le mie emozioni restavano lì a pezzi, spaventate, in quel dedalo meraviglioso. C'era in me qualcosa che non riuscivo ancora a decifrare, lei era sopra di me e lacrime da adolescente mi rigavano gli occhi, in modo che qualcuno riuscisse a vederle. Lei. Avevo molte bugie per sbarazzarmi di tutto ciò che ho dentro, spesso ho visto cose che non volevo vedere, proprio mentre il mio cuore maturava come la mela più succosa dell'Eden. D'improvviso mi svegliavo come da un incubo, il suo sguardo era fisso nel mio, voleva che venissi dentro di lei come un raggio di luce, voleva sesso e *amour* nelle nostre vene, come un lampo che incanta il cielo e oscura la vista. Poi il silenzio, un sorriso di unione, un attimo di pace. Pensavo *è proprio questo che vogliamo?...* Lei non rispondeva, e stravolta da una notte d'amore si addormentava felice, mentre fuori continuava a piovere. Sembrava che il tutto fosse fermo, che il nulla si muovesse, e così, con il cuore sulle labbra la guardavo, baciando il suo ventre candido. Era così bella che sembrava disegnata, come la fotografia di un'emozione.

Scenografia della mia passione. Tutto il resto è un cumulo di frammenti di vetro. Vetro. Crash. Siamo mari tempestosi e impetuosi venti, sfrenate melodie tra vita e morte. Siamo l'inferno e il paradiso tra estasi e profumi, tra colori e calore. Siamo anime sospese tra bene e male, che combattono fino all'ultimo respiro, fondendosi e poi lasciandosi. Siamo pensieri immaturi, castelli in aria, emozioni contrastanti nello stesso cuore, siamo sorrisi lucenti, viaggi di sola andata in un mondo dannatamente moderno, nuovo e misterioso, siamo incubi attraenti dove uno sguardo accende un'emozione. Siamo neve al sole, sguardi dietro un vetro, mentre piove forte.

Sto semplicemente sedando la malinconia, ma mi lascio morire un altro po'. Capita quando mi sveglio troppo presto, prima che la sveglia suoni gli ACDC. Resto in un silenzio quasi magico che mi fa rivivere quell'amore lungo un giorno.

Quel giorno che ho visto cadere, come un fiabesco castello di carte.

Come quella notte.

La notte.

Notte.

14

Caro A.,
la vita ha inghiottito tutte le mie strofe, i miei versi e la mia creatività, sono stato infettato dalla società. Ogni connessione con il mio ego è andata a farsi fottere, è stato interrotto ogni condotto che portava alla

potenziale fine dell'incubo. Invece sono ancora qui, schiavo di esso e senza vie di fuga.

Avrei voglia di morire per provare l'effetto che fa, e vorrei accadesse proprio adesso, conscio del fatto di essere già morto per metà, quasi sicuro del fatto che niente e nessuno mi porterà mai a vedere la felicità. Sono ancora giovane, eppure tutto sembra passato, tutto appare vuoto, finito, colmo di rimpianto e di incostanza, un po' come me, un cielo alla vigilia della tempesta. Ho alterato i miei contenuti con oppiacei di realtà, la mia crisi raggiunge l'alfa, l'omega e l'infinito, piango con innocua tristezza, e quando lo faccio mi sento anche in colpa. Non dovrei stare così, ma ho i ricordi e la tristezza chiusi in me, e sanno di ruggine, posso solo tentare di farli uscire come lacrime dagli occhi, o come sangue dalle vene.

Così aggiro le regole, e ascolto il mio cuore piangere a dirotto. Se potessi distruggerei questo mondo, dico davvero, lo farei immediatamente, senza esitare nemmeno un istante, perché il male gira sempre intorno a tutti. Mi metteranno il coperchio, mi seppelliranno in valori che non riconosco, come le apparenze, le reticenze e l'ipo-crisia, e non posso permetterlo. Non posso più attendere una felicità di facciata, la mia anima non è una maschera, e devo dissetarla, volare via con lei con ali di fenice, ma la realtà uccide ogni mio sogno. Ogni bisogno.

Mi piacerebbe uscire da questa vita, a volte, magari dalla porta principale, sarebbe un addio da Re, e io un po' *Sovrano incontrastato del bene e del male* mi sono sempre sentito. Posso dare molto al mio prossimo senza chiedere nulla in cambio, o quasi. Perché come ogni Re, ho solamente bisogno di essere amato e venerato quanto merito.

Ho trovato una frase che calza a pennello per tutti gli angoli della mia anima, così uniti, appuntiti e lontani, una frase da dedicare a tutti coloro che vivono la vita, o per chiunque abbia voglia di ascoltare. L'ho trovata in un libro che mi regalò il mio amato nonno, qualche anno fa. *Vivere come se morissimo il giorno dopo, pensare come se non morissimo mai.*

Non è bellissima? Sto piangendo come un idiota adesso, perché penso anche alle mie emozioni, e alle continue interruzioni che si portano dietro fin da quando ero bambino. Non ho mai detto alle persone che amo, quanto gli voglio bene. E questo mi uccide, perché nella vita non c'è mai così tanto tempo per fermarsi a riflettere, a sospirare, a dimostrare tutto l'amore che realmente si prova per qualcuno. Un po' è una questione di tempo, di frenesia, un po' di orgoglio, per paura di sentirsi ridicoli, e questo mi rattrista, perché ci sentiamo così stupidi solo quando si tratta di dimostrare qualcosa di bello. E ci sentiamo geniali quando è il momento di demandare.

Forse è proprio per questo che nessuno è realmente felice, iniziando proprio da me, più *Figlio del vento,* con una gran voglia di volare via, che *Sovrano incontrastato del bene e del male.*

Tutto questo sono io, alla continua ricerca di chi realmente sono. Sono io, infanzia burrascosa e psicodrammi adolescenziali senza fine, amico e nemico della vita, eterno indeciso, poeta addormentato su guanciali di tristezza troppo comodi per poterli gettare via. Sono io, un autore innamorato dei propri scritti come di figli perfetti, che sbocciano come fiori intorno al giardino incantato dell'anima. Sono io, un prestigiatore di idee, un sognatore incapace di intendere e volere la felicità, viaggiando contromano in un'autostrada densa di curve, incognite e accordi di chitarra. Finché un soffio di vento mi porterà via, mostrandomi la strada nel tramonto più splendente.

Parte sempre tutto da un sentimento il bene o il male del mondo.

Il mio è l'amore, o se vogliamo, la perversità che diventa odio nell'arco di un momento. Odio puro, odio prezioso come oro, odio sputato dall'anima. Quel mondo vibrante ha aperto gli argini e io posso ricreare tutto ciò che ho visto laggiù.

Tutto partì quel giorno in cui passeggiavo in un paesaggio scosceso di collina, potevo quasi toccare con le mie narici l'odore soffice dei campi incolti, allo stato primordiale, con querce secolari imponenti, da cui si sprigionavano rami che, irti e ribelli come capelli di una rockstar controversa degli anni '70, oscuravano la via.

Si poteva vedere il vero ego della natura, forte e paziente, al di là dello spazio e del tempo, nulla avrebbe potuto far sussultare un simile paradiso. Poco più a destra potevo scorgere un ruscello che portava verso i paesi abitati sottostanti le acque limpide e represse dagli argini, sembrava volesse liberarsi dalla sua gabbia di terra, per sentirsi svincolato dal suo eterno contratto.

Ricordo una calma enorme, il cinguettio degli uccelli, il rumore del vento, il cielo nuvoloso colto dal dubbio della pioggia, l'assenza della sregolatezza e dell'ininfluenza umana. Era un monologo d'au-tunno. E tutto sembrava animarsi, finché non accadde. Tra quegli alberi persi la strada, in quel quadro, irreale per il mio tempo, persi la ragione e con lei me stesso. Tutto ad un tratto quell'odore tanto inebriante svanì nel nulla, e svenni brutalmente, come fossi stato colpito con estrema violenza alla nuca. Sentii l'odore acre del sangue, iniziò un viaggio che ancora stento a credere.

Dopo molto tempo da quel colpo riuscii ad aprire di nuovo gli occhi, la testa mi scoppiava e provai una particolare sensazione di vertigini. Cercai di capire in che posto fossi finito, non ero più nel bosco ma in tutt'altra direzione. Sembrava una camera blindata, con pareti gelide e con un buio talmente fitto da divenire avvolgente.

L'aria era umida, e respiravo a fatica, con le mie poche forze cercavo una via di fuga, ma l'unica cosa che trovai fu del liquido particolarmente denso, che si spandeva sul pavimento come una pellicola.

Riuscii a decifrare un odore orrendo, come fossi finito in un luogo adibito al macello di animali. Avevo paura, e rimasi in silenzio, immobile per ore intere in quel fottuto stanzino. Mi addormentai.

Aprii gli occhi probabilmente il mattino successivo, ma un buio pesto annientava la mia vista, mi ero abituato all'oscurità già da qualche ora, e ricominciai la mia ricerca per un passaggio dal quale fuggire. Mi accorsi che non avevo più le mie sigarette in tasca, stavo letteralmente impazzendo. Continuavo a chiedermi perché ero stato portato in quel macabro e oscuro posto, ma l'unica cosa che mi interessava era un modo per uscirne. E dovevo muovermi, iniziava a mancare anche l'aria. Riuscii a trovare una specie di maniglia, la ruotai, ma la porta era chiusa a chiave. Iniziai a prendere a spallate quella porta, solo lei mi divideva dal mondo esterno. Dovevo buttarla giù, stesa al suolo. Rimasi ore intere a colpire quella cazzo di porta, a gridare aiuto, ma tutto fu inutile, aggiunsi altri lividi alla mia collezione. Mi sentivo un leone in gabbia, iniziavo a delirare e a parlare da solo, senza acqua e senza cibo, continuamente confinato in un angolo, pronto a morire come un cane.

Il giorno seguente, non so se fosse mattino o sera, sentii uno scatto dalla serratura, e la porta si aprì leggermente, regalandomi una linea di aria pulita. Mi lanciai immediatamente addosso a quel filo di luce rossastra che intravedevo, ero finalmente fuori. Respirai a pieni polmoni in cerca di aria pulita, ma non lo era; sentivo un'au-ra pesante, quasi come quella milanese, mi guardai intorno e vidi una landa desolata, senza orizzonte. Mi voltai e vidi da fuori la mia prigione, era quasi mimetizzata dal paesaggio circostante. Le mie domande aumentavano in un crescendo continuo, chi mi aveva segregato lì? Perché? E soprattutto, dove diavolo ero finito? Senza nemmeno una risposta in tasca pensai di allontanarmi immediatamente da quel posto inquietante. Cercai di orientarmi nel modo più attento possibile, sperando anche in un po' di fortuna, e per prima cosa mi guardai intorno per captare qualche indizio che mi potesse mostrare la retta via. Il cielo era rosso fuoco, ma non riuscivo a vedere il sole; sparse caldeggiavano delle nubi grigie, enormemente dense. Era una gradazione molto particolare, non avevo mai visto un cielo così strano.

Riguardo al resto, una sabbia nera piuttosto compressa ricopriva il suolo, polveri sottili colpivano il mio corpo trascinate da maestrali quasi artificiali. Spesso quel cielo di astrattismo veniva incendiato da lampi gialli che lo rendevano fluorescente all'occhio umano. Qualsiasi altro contatto con la natura terrestre veniva a mancare. Iniziai a camminare alla ricerca della via di casa. Le ore passavano lente e non riuscivo a capire, tutto sembrava ripetersi, come se tornassi all'infinito nello stesso identico punto di partenza.

Mi sentivo realmente a disagio, avvertivo di essere osservato e in balìa degli eventi. Sudavo freddo. D'improvviso riuscii a notare qualcosa sulla sinistra del mio sentiero, che prima non c'era, vicino a una grande pianta che sembrava un'ortica.

Mi avvicinai, con prudenza, riconobbi il pacchetto di sigarette che avevo in tasca prima di essere trascinato nella mia personale cella di isolamento, e più avanti anche il mio accendino, un bellissimo Zippo nero raffigurante la copertina dell'album *Abbey Road* dei Beatles. Finalmente una buona notizia.

Presi immediatamente una sigaretta e la accesi, feci una boccata fortissima come per ovviare all'astinenza di quegli interminabili giorni rinchiuso lì dentro. Ci misi pochissimo a finirla. La nicotina mi aveva dato un po' di calma in più, ma ero di nuovo bloccato in mezzo a quella specie di deserto della follia. Mi misi a osservare lo Zippo e l'immagine dei Beatles, attentamente. Tutto si distorse, come un effetto di Stratocaster. Per un secondo ho sentito la mente pulita, lucida, e trovai un momento per pensare con razionalità.

Forse si trattava di un qualcosa tra il divino e l'inconscio che ancora oggi fatico a spiegare, ma sono riuscito a creare su quella sabbia nera ogni cosa presente nella mia mente, e viceversa.

Sembravo sotto l'effetto di erbe benefiche, tutto rendeva la mia situazione e la mia percezione di allora molto suggestiva e un po' *Diario di Kurt Cobain*, dato il paesaggio.

All'improvviso, il delirio, la tempesta elettrica, l'apparente ego-devastazione. Poi la calma, il tramonto, l'oblio, la pelle del colore del cuore. E il risveglio dall'incubo più reale che la mia mente abbia mai creato.

Non restava che odio, caro A., al risveglio. Odio. Misto ad amore. Sono il migliore anche inconsapevolmente, anche con lo spirito a secco e la testa ubriaca. E sono unico, è questa la beffa per la maledetta razza umana. Sono dio e credente al tempo stesso, grazie ai poteri conferiti a me da Santa Madre Follia. Mi venero.

Ho smesso di leggere parecchio tempo fa, per evitare di contaminare il mio stile. C'è già troppa vita tra le mie righe, vita che non è mia. Amo sfogliare solamente Baudelaire, tenuto a debita distanza da centimetri di polvere che poggia sulla sua tomba. Potrei recitarvi Les Fleurs Du Mal a memoria, se volessi... ma preferisco parlare d'altro. Dal giorno della mia nascita nulla è andato come doveva andare, eppure mi sono fatto forza, seguendo le onde della mia creatività – una volta la chiamavo follia per stare più al passo con la moda – su una zattera fatta di speranze. Sono figlio degli anni Ottanta, dopotutto, ed è una cosa che mi rende orgoglioso. Di cosa non si sa, ma tant'è. Da allora brucio di passioni, di un bisogno d'amore che possa affogare lo spettro di una famiglia assente, brucio tra sogni e paranoie, brucio i miei racconti migliori, per paura che me li rubino, ed è anche per questo che li imparo tutti a memoria. Brucio come fuoco su questa vita di carta. A volte penso che sia l'unica cosa che non vorrei mai riciclare.

Sono sempre stato troppo sensibile, di buon cuore ed egoista... ma soprattutto megalomane. Tutti gli artisti lo sono, dopotutto. Spesso ho pensato che potrei essere io il Dio che tutti gli ipocriti pregano la domenica mattina. Sono ipocriti perché adorano un Dio al quale non vorrebbero mai assomigliare, un po' come me. Non sono un credente, ma mi piacerebbe molto che una moltitudine di individui possa idolatrarmi, venerarmi, portarmi in trionfo con la benzina dell'immaginazione. Sogno di finire qualcosa, però, per avere la libertà di iniziare una nuova avventura, e non è detto che la fine di ogni cosa sia necessariamente un epilogo negativo. Forse neanche la morte. Descrivo la notte, i silenzi e i rumori, i pensieri e i dolori, mettendoli in contrapposizione con l'oscena modernità. Sono il sovrano incontrastato del mondo che ho creato nella mia testa, mattone dopo mattone. Io sono il Principe di questo regno senza confini. Sarò Re non appena il mio corpo svanirà, come questo sogno di seta. I pensieri non mi danno pace e mi analizzo a fondo, come se mi guardassi al microscopio. Scruto tutto ciò che c'è sotto i miei muscoli, trovando e fissando la parte migliore di me. La bellezza è argilla, basta darle una forma che non sia banale. Rimango fermo, immobile, mentre la vita mi passa accanto. Dovrei buttare queste sigarette, mettere il tappo a questa bottiglia ed iniziare a correre. Ho una gran fretta di vivere, e di sfuggire dai miei pensieri, che hanno una gran fretta di riavermi, di farmi stappare questa bottiglia, di farmi accendere l'ennesima sigaretta. Di farmi restare fermo, immobile, mentre la vita mi passa accanto. Ne uscirò, prima o poi. L'unica cosa che ho sempre saputo fare nella vita è scrivere, ed è un'interminabile e magnifica corsa dentro me stesso, nonostante mi senta così fermo. Che io mi spenga oggi, fra venti, cinquanta o settant'anni, non smetterò mai di sognare, fare progetti, di creare castelli in aria o mondi paralleli con la fantasia. È l'unico modo per sentirmi vicino a quel Dio al quale non ho voluto mai assomigliare, ma che vorrei tanto essere. Almeno per un giorno.

Seduco pezzi di uno specchio.

Ogni delusione nasconde dentro di sé delle ceneri ancora ardenti che possono accendere nuove emozioni. La nostra vita è quindi un lenzuolo bianco, che ogni giorno sporchiamo di realtà, nel *default* della nostra mancanza di sorrisi. Io sono sempre stato così, e non me ne vergogno, ma alla fine chi conosce realmente la propria vita?

Perché vogliono analizzarmi e giudicarmi a tutti i costi?

Non sono un bambino superficiale che si identifica in coloro che scrivono canzonette, la mia vita va a pezzi, le persone che ammiravo non meritano più il mio rispetto, mi hanno tradito o nel caso migliore sono morte. Sì, sono un pessimista del cazzo, ma sono realista, e non intendo cambiare, né rovinare anche i miei miti, come tutti si dilettano a fare. Mi è rimasta solo la musica, e il mio scrivere.

La cosa più paradossale in tutto questo è che nessuno è libero veramente, nemmeno tu, amico mio, che stai leggendo la mia anima, lo sei. Ognuno è condizionato da qualcosa nella propria vita, qualcosa che può esaltarti o devastarti. La mia ossessione è violenta come un tramonto, è proibita come l'arte più pura e scomoda, è seducente come le mie dita nella fica di una donna.

La mia ossessione è l'anima stessa, e nell'anima ho un dolore immenso. Per iniziare la terapia ho bisogno dell'anestesia totale della mia coscienza, divenuta ormai tossica, e infetta.

Ha vinto il silenzio alla fine, eppure a volte l'assenza di rumori non basta, e occorre un gran bel cartello illustrativo. Le persone come me e te soffrono quando sono insieme agli altri, e si dice che quando le persone soffrono troppo, spesso muoiono. Reinterpretando il concetto, la società in cui vivo rischia di portarmi sull'orlo del precipizio. Dovrei forse aver paura di morire? Non credo. Meglio essere depresso che stronzo, si vede che mi interesso ancora a questo mondo, mediante pensieri e immagini di me ben poco percettibili. Ho sempre pensato che per apprezzare qualcosa intensamente è necessario distoglierne lo sguardo di tanto in tanto, per questo ho deciso di salire su un treno di seconda classe, lato finestrino ovviamente, e di andarmene lontano dalla mia città. Mi ritroverei in un paese falsamente cittadino, dove l'aria pesante renderebbe la quiete un miraggio, oltre che i polmoni torbidi. La gente non parlerebbe, non sorriderebbe, come se ci fosse una dittatura invisibile aleggiante sulla cerchia vitale circostante. Avrei improvvisamente voglia di un caffè, come per riprendermi da un incubo o da una sbornia.

Vedrei ragazze pensierose che aspettano il loro *amour* lontano, con lo sguardo sognante, a mani chiuse, nel freddo di un bar di basso livello, che probabilmente non ha mai attuato uno spostamento logistico negli anni.

Non riesco a essere sangue che sprizza gioia, non sono interpretabile né fluorescente, mi muovo immobile inseguendo un sogno persuaso. Assorbo ossigeno, incoerente con me stesso, e una stilla riga la mia rabbia. Piangere è come morire, dove le lacrime sono il sangue che sgorga, è un sottile cambiamento radicato nelle sensazioni più rinomate dell'ego. Caro A., hai mai provato a piangere controvoglia? È un suicidio preconvenzionale, un momento trasparente e tossico in cui riporre lamenti dislessici e più fragili che mai.

Hai mai provato a piangere di proposito? Non c'è nulla di più banale, e vorrei esorcizzare questo demone alato dai corpi ormai infiammati di chi si infligge una condanna a scopo di lucro.

Sto vivendo temporaneamente su un altro mondo.

Ho messo su i Pink Floyd, *Dark Side Of The Moon*, di fronte ad una luce psichedelica che mi ha regalato il mio migliore amico. È una lampada che sembra ritrarre una melodia stregata, fluendo dense gocce di liquido rosso artificiale verso l'alto, poi verso il basso, in costante crescendo. È finita più di mezza bottiglia di vino rosso.

Anche stanotte, se sono fortunato, riuscirò a dormire in pace.

Sto sognando, finalmente con la mente sgombra, mi sento leggero, come una molecola di ossigeno puro, libero da ogni idea o turbamento. Torbida deflagrazione, in costante squilibrio con la mia mente e il mio stile di vita, lontana da intelletto e tempo che oscurano la quotidianità. Guaina di sogno e speranza, palliativo e allucinazione dell'ego senza sovvenzione. Stricnina Emozionale.

Ho i lividi sulle tempie, tanto è forte il mio mal di testa. Immagino di essere altrove, in un qualunque scenario alternativo gestito dal fato. Accendo una sigaretta inconsistente, invoco lo *spleen*, splendente e apparentemente vacuo.

Mi osservo, mi dissocio, mi penetro, mi invado. Poi mi sveglio, mi inquieto, mi inquino e mi accarezzo, come farebbe una madre, tentando di anestetizzarmi dopo un pianto disperato che profuma di odio. Il mondo continuamente muore, come un attore di teatro con la sfiga di non arrivare mai alla scena finale, e così io accanto a lui. Quando cazzo sarò pronto a farlo da solo? Abbiamo davvero voglia di credere in noi stessi, secondo le parole insonni di tanti. Ma qual è la direzione? Sarà forse una *fiction* di basso livello, creata da noi stessi per mascherare le nostre sconfitte, ma nel mio caso, spero di non esserne il regista.

Scorgo le mie paure dal dirupo del mio cuore sotto sedativi, non ho neanche la forza di piangere, a volte ho paura di essere stato infettato. E io non voglio. Sanguino amore per l'arte, per una speranza in più, per un fluido anacronismo.

Vorrei concepirmi in solitudine e nascere negli anni '60, custodire i segreti dei *Figli Dei Fiori* tra gli scritti di Baudelaire. Vorrei conoscere i migliori gruppi rock, imbracciare la mia chitarra e viaggiare, come farebbe uno zingaro solitario e fascinoso. Donerei amore e malinconica speranza con la mia arte dannata, regalerei una poesia infuocata a ogni donna di cui mi innamorerei. Combatterei i potenti con folle sognanti al mio seguito, sussulterei a ogni sospiro seducente. Mi farei crescere i capelli fino al culo.

E sarei felice, ebbro di vini pregiati e di fiche umide, congelerei ogni rimpianto in riva al mare lontano da qualsiasi scogliera suicida.

Getterei le lacrime giù per il pendio luccicante della follia, in cerca di un fiore chiamato estasi. Sarei tentato da Dio e Satana, alzando il dito medio. Mi consolerei alienato dai miei sogni e dalla smania di essere un uomo migliore, potrei camminare nudo in preda alla voglia di essere osservato da occhi falsamente discreti, dissipanze fluide di un'anima elettrica. Sarei mente, corpo e anima al tempo stesso, senza provare vergogna, pregando la divinità rinchiusa artificialmente in me stesso, e potendo dire una frase semplicissima.

Non provo più odio. Sarebbe la mia estate, la mia estasi, il mio rapimento. Ho soltanto bisogno di tempo per poter vivere questo mio tempo, ma alla fine dei conti non mi è mai bastato, e non mi basta mai.

Vivo nella paura di non aver fatto del mio meglio nel mio passato più prossimo. Vorrei pentirmi.

Ascoltarmi.

Amarmi.

Agire.

Costruire.

Rinascere.

Baciare.

Bagnarmi.

Volare...

Cadere.

Stordirmi.

Sanguinare.

Godere.

Innamorarmi.

Scivolare.

Rialzarmi.

Vincere.

Fermarmi.

E morire.

Ma soprattutto vivere. E tornare a odiare, perché altrimenti non sarei un uomo, sarebbe stato meglio nascere senza cervello. Fallire no, perché ho già fallito abbastanza, tra tutte le mie domande inutili.

Eppure basta poco per rispondere, a volte ci ho pensato seriamente, sarebbero sufficienti degli sprazzi di mente in allenamento, e un po' di vita quotidiana. Due luci nella stanza, il tramonto e il neon pallido, un esercito di caffè per battere il sonno, una manciata di pillole per la felicità (che scenderanno nella gola più a fatica di un antibiotico), un paio di occhiali da sole per non essere accecati dalla noia, degli argomenti di cui si è assolutamente a digiuno, e qualche radice di odio puro (che purtroppo non si trova in erboristeria).

La verità è che siamo ciò che non vogliamo essere, ciò che non siamo, apatici e inconcludenti, abbiamo smesso di imparare e di essere creativi, innovativi.

Siamo emozioni in un cesto, come frutta fresca lasciata lì ad appassire, a macerare in attesa di una metamorfosi che non avverrà mai. Noi siamo la metamorfosi, e se restiamo fermi, restiamo chimere.

Questa è una verità nuda e fiera, ed è come una donna bellissima in attesa dell'uomo dei suoi sogni, e del suo matrimonio. Ma come sappiamo, un abito da sposa non è un sedativo per l'anima.

La verità è che viviamo come se non avessimo mai visto la luce, come se non fossimo mai nati, e alcuni di noi sono, o si sentono, così noiosi che al pronto soccorso li userebbero al posto del mio amato Valium, per curare gli attacchi di panico. La verità è che noi vorremmo tanto essere, ma a volte facciamo di tutto affinché ci riesca più semplice NON essere. A volte serviamo solamente per alimentare le nostre più violente dipendenze, come sigarette, alcool, droghe, sesso, psicofarmaci, caffè, internet, automobili di lusso, e chi più ne ha, più ne metta. Saliamo in cima a un albero per avere il cielo a portata di mano, ma poi la paura ci cattura, e ci ritroviamo a chiamare i soccorsi con il telefono cellulare.

Dimentichiamo i posti dove siamo stati e cerchiamo compulsivamente quelli che non vedremo mai, ci ritroviamo rinchiusi tra i nostri mille sogni, ridotti ormai ad una immensa giungla inesplorata, perché non avendogli mai dato la giusta importanza hanno imparato a germogliare da soli. Alcuni di noi trattengono le loro lacrime migliori e le versano per le ultime puntate dei reality show, e sono convinti di essere sensibili. Non che gli uomini debbano essere necessariamente scissi in categorie, sia chiaro (…), ma la verità è palese. Ci sono i *maglioncini da fighetto*, lasciati ad asciugare sui fili infiniti della mediocrità, gli *inguaribili romantici*, nobili decaduti del nostro tempo, e i *virus del glissare*, che non fanno altro nella vita se non vedere il giorno cadere, e rubare ossigeno a quello successivo. La verità è che vorremmo volare, cercando un mondo nuovo, ma restiamo sempre a terra, facendoci succhiare i sogni e la vita dai dolori quotidiani, allegoria delle zanzare, esseri maledetti, vampiri moderni in miniatura. La tempesta è in arrivo, come dicono gli Afterhours, mettiamoci al riparo e una volta svanite le nubi, seguiamo le tracce dei pochi raggi di luce del 21° secolo rimasti accesi. In questa opera elegante e sconclusionata che è la vita, a tratti visionaria, è molto difficile distinguere la realtà dal sogno. Ma i nostri pensieri sono il nostro rifugio, e per quanto sia un nascondiglio esile come una capanna di fieno, lasciamolo aperto a chiunque abbia la curiosità e la voglia di addentrarsi. Al cuore si comanda, perdio, altrimenti che esseri imperfetti saremmo?

Riavvolgiamo il nastro della vita, fino all'episodio che ce l'ha cambiata. Ripartiamo da lì. Ricordi e sangue si mescoleranno come elementi di una miscela esplosiva, lasciando il vuoto tutt'intorno. La terra tornerà fertile, e si potrà riprendere a seminare momenti splendidi, da ricordare.

Non abbiamo tutto il tempo del mondo per trovare la felicità.

16

Mi sento *Grunge*, ombra degli anni Novanta, anche l'anagrafe lo attesta. *Grunge*, stile musicale figlio del rock, una delle sue sfumature più belle. Nirvana docet.

Grunge è una cella d'isolamento, costruita da me stesso, e spesso mi chiudo a chiave per perdere i contatti con chiunque, perché troppo spesso il mondo mi fa soffrire, non mi capisce, e gioca con le mie emozioni rendendole sterili.

Per questo mi allontano.

Ho iniziato a trovarci gusto.

Scivolo delicatamente sul pavimento e mi aggrappo a un ricordo.

Lei è fuori dal mio cuore, ma sento ancora l'eco dei suoi passi.

È finita.

– Colpa del destino – dico al mio pensiero.

No, è colpa tua, perché sei uno stronzo mi risponde lui.

– Grazie, anche per me è un piacere risentirti.

Era lei quella giusta, e l'hai lasciata scappare, con i tuoi modi da primadonna. Ma non sei tu la primadonna, non ci sei sempre e solo tu al centro del mondo, o i tuoi problemi, e non è colpa della vita o del destino se lei non c'è più rincara la dose.

Parole violente, nulla da dire.

Ma la risposta non è da meno.

– Ma tu cosa ne sai, coscienza del cazzo? Tu te ne stai lì a dare giudizi senza aver mai vissuto, a darmi addosso per partito preso, perché non hai niente di meglio da fare. Combattici tu con questo corpo, a vivere la vita e uscirne vivo, invece di fare il tuttologo senza aver mai sudato. Hai mai pensato di fare della politica? Ne cercano da una vita, di fancazzisti.

Non potrai aggirare i problemi in eterno, devi imparare ad affrontarli, a superarli, a concederti, a tenere strette le persone importanti. Dove pensi di arrivare, di questo passo? A una vecchiaia misera e meschina?

– Sai che ti dico, caro il mio bel filosofo? Perché non vai a fare in culo e non mi lasci in pace?

Come vuoi, goditi la tua prigione.

Silenzio.

Era ora.

Molti mi chiedono cosa possa mai avere in comune con me una persona normale, molte volte me lo chiedo anch'io. Chi potrebbe mai? Odio la gente, non mi fido delle persone e ho sempre paura che mi feriscano, cosa posso farci? Il mondo va così, purtroppo.

Non mi piace aprirmi agli altri, ma come attenuante so sognare, meglio di quanto sappia scrivere o addirittura fare l'amore.

Lei l'aveva capito, e aveva iniziato a leggermi dentro, ad accarezzarmi l'anima, a farmi stare bene. Ma ho avuto paura. Come sempre. Ho preferito rispondere a quella domanda, non senza poesia, con un'altra domanda. Chi è realmente in grado di vivere un sogno nel mio stesso modo? Chi saprà farlo avrà qualcosa in comune con me, e non sarà solo un sogno.

Poi ho coperto le orecchie, come un bambino, per paura di udire una qualche risposta. Solo una persona sembrava sposare l'idea, una donna intelligente, accattivante, splendida, unica.

Lei.

Ma non l'ho ascoltata.

Non ho voluto ascoltarla.

Lo ammetto, sono uno stronzo, ed è tutta colpa mia.

Lo vedi? Ho sempre ragione, dovresti ascoltarmi un po' di più, ne so parecchio di donne, io.

– Ma non ero io la primadonna?

Silenzio.

Il ricordo arriva, mi sfugge, mi avvolge, mi succhia, mi fa piangere.

Mi manca.

Perché non vai a cercarla? Esci da qui dentro, non ti aiuterà a ritrovare il sorriso continua la mia coscienza.

– Ho paura che sia passato troppo tempo.

Silenzio, sciolto nel rimpianto, come zucchero in una tazza di the.

È finita.

Caro A., forse alla fine di questa storia che sembra un incantesimo, qualcuno come te potrà comprendere questo mio stato d'animo, anche se sembra inconcepibile. *Amour*, in mezzo al petto, oasi nel deserto della solitudine, che ai miei occhi appare da sempre radiosa e lussureggiante. *Amour*, che mi tiene in ostaggio. *Amour*, che fa rima con lo splendore di una donna, con il mio dolore da lasciare ai posteri, con il terrore di tornare nel mio regno emozionale, chiudendomi dietro il cancello che mi separa dal mondo nelle notti insonni, dopo aver visto la luce, e tornare a essere un re solitario, senza regno. *Amour*, che fa rima con un anno di colore vissuto con lei, diviso con lei, con le mani immerse nelle nuvole, i piedi nella sabbia fresca. Lei è colore, diverso dal mio nero fin troppo formale e gothic. *Amour*, che ha un viso, un corpo, una voce, delle labbra sublimi. *Amour*, che è donna, la donna che ho amato dal primo istante, che amo, che probabilmente amerò per sempre.

È lei l'incantesimo che cercavo. Appuntisco il cuore, lo immergo per bene nel calamaio, prendo un foglio bianco e scrivo le mie emozioni, mettendomi a nudo un'ultima volta. Questa storia la rinchiudo in una lettera, ma forse lei non la leggerà mai, perché è ormai lontana, la dedico ai suoi occhi, che si specchiano nei miei. Le devo un grazie. Ho imparato a credere nella felicità, a esistere per qualcun altro, a riflettere, agire e amare come un vero essere umano, a credere nelle persone brillanti.

Ho imparato a volare.

Come un angelo.

Come lei.

Rimetto il cuore a posto, nella sua fondina, quasi fosse una pistola, e credimi, se avesse solo un colpo sarebbe l'arma ideale per finirmi. Piego il foglio in tre, e lo metto in una busta rettangolare. Un ultimo sguardo commosso a questa lettera, che non riflette altro se non noi, dipinti dalla mia mano nella versione più innamorata di tutta la mia vita. Proprio ora scorgo l'ombra della simbiosi, sull'im-magine del mio amore, scaldato dalla malinconia. Scivola una lacrima sulle guance, la più densa, la più vera, e cade come per fondersi a un altro contesto. Non rimane che un dettaglio tra i contrasti nostalgici della mia calligrafia, come se avessi scritto su un quadro. Non resta che un dettaglio, sangue su tela. Forse ho chiuso male il calamaio.

Resto solo. Mi sento sempre più *grunge*.

Un pensiero a farmi compagnia, ma forse è semplicemente la mia coscienza, mentre tento di riavvicinarmi alle sue grazie.

– Dici che tornerà?

Non è lei che deve tornare, sei tu che devi andare a cercarla, a trovarla, a riprenderla. Ogni cosa rinuncia a star ferma, e scappa via, ma se deciderai sul serio di cambiare ogni cosa ritornerà da te, più bella e magica di prima.

– Grazie, coscienza, voglio ascoltarti stavolta, potrebbe essere l'ultima occasione.

Chiamami pure Jim…

Déjà-vu. Mi sono sentito libero in un mondo irreale, che poi è il mio, volando da un confine all'altro della mia creatività, spogliandomi con vecchie poesie, inventando concetti nuovi, privi di inibizioni, di pregiudizi, senza mai lasciare la mia Musa, amante della mia mente energica e burrascosa, colei che mi ha tenuto in vita anche quando avevo deciso di smettere di lottare, in un freddo autunno di poco tempo fa. È vero, ho sbagliato, ed è tempo di ritrovare la mia Musa, per tentare l'ultimo assalto alla felicità, in un sogno che ha il contorno buio come la notte. Voglio un sogno, che sia tutto per noi, e per me. Un sogno morbido, l'ultimo. Che non sia *grunge*. *Blackout* comunicativo. Ecco cosa cerco, e spesso fila tutto alla perfezione, fino a quando non indosso la mia maschera di fronte al mondo. Meglio ripeterlo, prima che la memoria giochi brutti scherzi. Ho bisogno di silenzio, di guardarmi a fondo, di ricercare al mio interno le gocce dolci e amare della poesia che decanto. Credo di essere innamorato di me stesso, quasi fossi una donna disegnata. Solo a contatto con il mio ego sento di poter essere vero, naturale, incontaminato, e di sfilare la mia maschera, sfiorando l'orizzonte della verità. Sorrido nei confronti di chi crede di conoscermi, ma è il disegno della mia anima, non posso certo abbandonare la tela sul più bello. È la mia età migliore, dopotutto. Nessuno potrà macchiarmi, non lo permetterò mai. Cerco il silenzio, perché il rumore mi consuma. A volte ho paura di amare di nuovo, e l'idea mi strugge. È un dolore troppo grande. Eccomi, mi vedi? Sono nudo, proprio davanti a te, porgo le mie emozioni sull'altare del cuore. Tratto l'*amour* come fosse un mal di testa, facendolo passare con un'aspi-rina. Con la mia maschera bianca e candida sono come uno splendido attore, amo fingere, sentirmi forte, a tratti sovrano di un mondo che guardo con superficialità. Spesso studio a memoria un copione perfetto, mi immedesimo nel mio personaggio come se fosse davvero una parte di me. Amo fingere, improvvisare, ma sono incapace di mentire. E il cuore batte più forte, in un preludio di rullo di tamburi che precedono il mio ennesimo debutto. Schiavo dell'adrenalina e della mia maschera, giusto il tempo che mi separa da un applauso, l'importante è che sia sincero. Ma il mio pubblico ha realmente voglia di conoscermi? Ama me, o il personaggio che porto in dote? A volte mi chiedo dove cazzo sia finita la vera curiosità dell'uomo, perché non ce n'è davvero traccia. Vorrei essere vivo anche senza la mia maschera, ma il silenzio la fa da padrone quando mi sciolgo il trucco, in quell'attimo fatato, io sono solo, nella pace della mia esistenza. Al diavolo l'adrenalina, spengo di nuovo le luci della finzione e accendo il fuoco dell'anima, perché anche solo un sogno mi basta per essere felice. Ma capita spesso che io avvicini troppo il mio cuore a quel fuoco, e che proprio in quel momento senta puzza di plastica. Buio. E un vago senso di paura.

Che sia il mio cuore che incendia, senza che io me ne accorga più?
17

Vorrei portare il peso del mondo sulle mie spalle, con gli occhi chiusi senza troppa convinzione, e la testa tra le nuvole. Vorrei poter sognare ancora, sognare la realtà e una vita felice, l'amore per una donna, per gli origami del cielo, per un orizzonte o anche semplicemente per una canzone. Sognare. Ecco cosa vorrei. Vorrei spaziare in ogni luogo dove non sono mai arrivato, perdermi tra gli arcobaleni e nelle città piene di vento, vorrei sentirmi la vita addosso come un paio di Levi's degli anni Sessanta. Vorrei respirare senza ansia o paranoia, senza esitazione o paura, fiero di ciò che ho costruito nella mia fantasia. Vorrei mettere in pratica ogni cosa sognata finora. Vorrei tenere il cielo tra queste mani, sapendo cosa cerco, perché spesso cammino a vuoto, tornando al punto di partenza.

Ho cercato i pezzi di me stesso nei cieli piangenti, nei cieli più lontani e oscuri, senza sapere il perché, lontano da lei, da ogni cosa realmente esistente, dalla mia dignità. Accendo una sigaretta al buio, davanti ad uno specchio che appare arroventato, uno specchio che riflette un estraneo. Riesco a radiografarmi in un attimo fugace, vedo improvvisamente il suo viso nelle mie ossa pallide, nel mio sangue pulito, e scopro un profumo del tutto nuovo. Profumo. Uno dei miei cinque sensi si accende dolcemente, incendiando la memoria, odore di sesso e lady grey, che offusca mente e occhi, mani e pensieri rubati da lei, in una notte splendida. Continuo a non fermarmi. Credo sia una delle mie attitudini.

Muovo i miei passi chiodati e solitari sulla stessa strada dei narcisi di qualche sogno fa, dove divengo artista di me stesso, scrutando in un buio pastello, vite vestite di soldi e tradimenti, pensieri dietro un vetro, luci ferme e fredde che mettono in risalto inclinazioni negative, sporcate da un solo colore. Chiudo gli occhi. Un vento leggero accarezza gli scogli della mia schiena, rendendo sinuosi i miei movimenti, torbidi come coralli di tenebre. Mi accorgo di essere dimenticato dal mondo, finalmente, e non vedevo l'ora. Salto su un cavallo bianco in cerca di avventura, per calcare strade mai battute. Nascondo i miei occhi nelle immagini di me che non ho mai voluto vedere. Ho sempre sognato di essere superficiale e felice come tutti loro… ingenua perversione. Illuminato da una stella solitaria mi specchio di nuovo, e vedo una nuvola alta, alata e opaca sulla quale riversare le mie ombre. Non vedo più un estraneo, e la sensazione è positiva. Chiamo di nuovo la ragazza-angelo che si ferma e si volta verso la mia voce. Mi sorride, nuda e misteriosa, e io la osservo, mi avvicino a lei e le bacio i capelli, poi le labbra, in cerca di un incanto. La sensazione è meravigliosamente positiva.

Uno dei miei cinque sensi si accende dolcemente, incendiando la memoria, odore di sesso e lady grey, che offusca cuore e anima, mani e pensieri rubati da lei, in una notte che si ripete in un moto incessante, quasi fosse una stessa onda del mare in cerca di conferme, o molto più semplicemente, della sua strada. Chiamo ancora la ragazza-angelo, e continuo a fantasticare. Vorrei mettere in pratica ogni cosa sognata, tenendo il cielo tra le mani, sapendo dove andare, perché spesso cammino a vuoto, tornando al punto di partenza.

Come questa notte, che cala il sipario, delicatamente.

18

Parlavo dal centro del tuo cuore, e per quanto tentassi stizzosamente di perdermi, mi trovavi sempre lì.

Tenevi le tue mani come se stessi nascondendo qualcosa.

Sorridevi mentre la nebbia si diradava tutt'intorno.

Il tuo era un sorriso così bello e sincero da eclissare l'imminente alba, che si faceva strada tra le prime luci del mattino. Ti ho vista, avvolgente come l'ultimo dei sospiri, come velluto su pietra, perché ora il tuo cuore sembra tale. Ti ho ammirata, quasi fossi un inaspettato tramonto – nonostante l'alba alle porte – calato alle prime luci del giorno. Così mi hai rubato gli occhi, hai rubato quella pietra, l'hai resa nuovamente rossa, capace di battere e pompare sangue, nell'arco di pochissimi minuti. Giusto il tempo di un tocco.

Una carezza.

Ti ho vista, e mi hai sorriso tre volte, ma in nessuna occasione sono stato capace di amarti, di conquistarti, di farti conoscere i miei pensieri. Da allora non so più staccare la mente da te, la donna che parla con i fiori, germogliati su un corpo sinuoso, rampicanti fin sopra quei fianchi splendidamente femminili, bagnate da un oceano di sogni, dove un profumo di passione e Velvet Underground sembra incendiare l'aria.

Ti immagino avvicinarti a me con piccoli e duri tacchi, i capelli raccolti e un sorriso di luce, mentre stringi le gonne come una principessa dell'Ottocento. Ti immagino bella come il raggio di sole che taglia a metà quest'alba, pronta a riprendersi il giorno.

Mentre mi sorridevi, tre volte, sono soltanto stato capace di immaginare, senza tremare, ma senza agire. Ricordi alati che sibilano nei miei pensieri, correndo dentro il sole, dove ogni cosa si fonde, appare distesa come un cielo di seta, in cui riporre sogni e preghiere, consapevoli che l'*amour* possa non essere soltanto un modo di dire.

Da allora mi nascondo dentro di te, nonostante di acqua sotto i ponti ne sia passata. E provo piacere, come se stessimo facendo l'amore, cantando all'unisono, come un pianoforte e un violino elettrico, che si fondono in un'unica, intensa melodia, oscura e incontaminata. Il sole sorge, in una nuova alba. Incrocio dei raggi di luce dagli effetti lenitivi, prestando attenzione a non farmi travolgere.

Penso al tuo fascino ventoso, e ogni giorno scivola in me, come acqua dentro acqua. Come una strada che conosco a memoria, dove potrei camminare a occhi chiusi, tra i lampioni dell'anima, o nei ghetti del tuo cielo. Custodendo la speranza di amarti e averti.

Parlo dal centro del tuo cuore, ma per quanto tenti stizzosamente di perdermi, mi trovi sempre qui. È l'unico modo che ho per poterti proteggere dal dolore, per potermi addormentare dentro di te. E ti sono ancora vicino. Come non lo sono stato mai.

Tu sei diversa, e nonostante la speranza, non ho mai avuto la certezza che potesse essere per sempre. Che peccato, suona così bene, per sempre. Ti vedo chiaramente, sei distesa su questa spiaggia, assumi i colori del sole. Fa freddo e mi scaldi con un bacio, magari vorrei di più, non so, ma sei bella, affascinante come la vita.

Ti trovo splendida, come in ogni singolo giorno, e ti invito a guardare insieme il tramonto. D'improvviso, uno stormo di rondini vola su di noi, si libra e si libera nell'aria, ci regala un attimo di felicità e disegna una traiettoria senza senso. Forse ha perso la strada di casa, o rappresenta soltanto lo scorrere del nostro tempo, che volge al termine, con la primavera che sembra già altrove.

Forse è semplicemente venuto per riprenderti, e portarti via da me, per sempre. Che peccato, suona così male, per sempre.

Calava la notte, e in quell'oscurità la luce delle tue parole affondava nelle acque della solitudine, lasciate ad accarezzare la riva, quasi per tentare di illuminare gli abissi. Piano piano scoprivi la tua pelle di seta, lasciando cadere la sottoveste e le inibizioni più illusorie, ma quando tu sei nuda sei più dea, sei pioggia fresca che disseta la mia mente infuocata. Scopami, amore mio. Baciavo la tua pelle, nei tuoi occhi vedevo il mare in tempesta, e nel nostro ondeggiare sul letto caldo, conservavo solamente pioggia su di me, e sole su di te.

Il giorno dopo, la luce del mattino bussò ai tuoi occhi, si scusò della sacrilega alba, che ci divise una volta finita la nostra notte. D'improvviso la tua voce mi sfiorò al risveglio, e un bacio accompagnò quel tuo sorriso lucente. Una brina di dolcezza ci bagnò le labbra. Avevo la pelle piena di una droga che mi fece perdere il contatto con la realtà. Umile e disincantato, sentivo vibrare le corde della mia anima, mentre ti guardavo con gli occhi di un bambino. Ero in balia delle tue onde, fu difficile staccarmi da te, eravamo tu una tela e io il colore. Tutt'intorno vidi le stelle della mia mente circondarsi su di noi, come una galassia privata. Ma avevo ancora impresso il sapore di quella droga in me, che non potevo più lavare via.

Cos'è rimasto di me?

Nei miei occhi è svanito il fuoco, e spesso, prima di chiuderli, concedo un ultimo sguardo alla città, imparata a memoria grazie alle nostre lunghe e bellissime passeggiate. Vedo panchine di marmo, tossici saltuari, e al posto delle querce, una distesa di fottuti cartelloni pubblicitari. Una volta non era così, perché al tuo passaggio ogni cosa era luminosa, ogni cosa era in fiore.

Ora è diverso, e so che non c'è più posto per me.

Tanti hanno sete di soffrire, un po' come me, ma forse non tutti sanno che la Morte sa ascoltare chi la invoca e dissetare a dovere, è una dea sensibile che porta schegge negli occhi. Infatti non guarda in faccia a nessuno, un po' come la Fortuna. Prima di uccidere si spoglia, lasciando cadere la sottoveste e le inibizioni più illusorie, quando è nuda è ancora più dea, è pioggia fresca che disseta la mente infuocata, ti fa compagnia fino al mattino, e ti lascia impresso il suo seducente profumo.

Tu sei la Morte. Ma sei bella, affascinante come la vita.
Scopami ancora, amore mio.

19

In questo scorrere di attimi veloci non ci sono più foto da conservare, o canzoni da ricordare, solo momenti da rimpiangere in cui riesco soltanto a odiare un me stesso così debole da farsi schiacciare, per l'ennesima volta. Voglio essere libero da ogni sofferenza, verrà il giorno in cui mi pentirò di tutto il tempo sprecato, di ogni giorno gettato alle ortiche, e lì soffrirò davvero. Non voglio essere un orologio fermo. Non lo sarò mai.

I miei pensieri hanno preso il sopravvento, attuano una sorta di democrazia, ma totalitaria e disinibita, e vogliono punire un cuore già ferito, annegandolo con le lacrime. Ho bisogno d'amore, lo voglio adesso. Le paure mi confondono, e ogni riflessione rimane dentro, ma resto lucido, come lo specchio in cui mi guardo ogni giorno, come la strega di Biancaneve.

Spero che in questa landa desolata ci sia una vera vita anche per me, fondamentalmente io stesso mi accorgo del dolore che mi sto creando e cucendo addosso, sento che il mio cuore può battere fortissimo, se mi impegno e lo desidero davvero. Sento come se stessi trascurando il mondo che mi ha generato, che poi non mi basta mai, ma preferisco tenere le distanze dalle ombre che non voglio vedere.

L'accademia dei miei sogni mi costringe a non mentire, ma non posso fare a meno di disobbedire. Ho sempre fatto tutto di testa mia, e non mi pento di questo, non voglio essere nudo e non voglio essere giudicato. Allo stesso modo non posso fare a meno di ascoltare e di non sentire, di osservare e di non vedere. So che mi perdo negli spettri del futuro e della vita che verrà, e mi sdraio sulla sabbia. Osservo il perimetro di questo infinito cielo, racchiuso dall'universo, tra mistero e oscurità, fin dove i miei occhi e la mia immaginazione lo consentono. Il mio respiro si spezza dolcemente, in contraddizione con me stesso. Voglio avere il tempo per sentire sempre una nuova canzone, e voglio il tempo per riascoltare ogni poesia che ha significato qualcosa per me, dalla prima all'ultima, senza freno, con gioia e stabilità. Voglio volare. Vorrei che Freud fosse ancora vivo.

Sembra che il sole a settembre sia quasi sintetico, ma finché mi scalda sto bene, so che ancora funziona, che io esisto, e non mi sento tragico. Purtroppo non riesco a non parlare di me, mi sento così martire e così importante che non riesco a pensare altro.

So che il mondo mi gira intorno e che anch'io faccio parte di lui, ma sono un malato immaginario che ha bisogno di attenzioni autentiche, concrete, e di idolatria. Il mio limbo è collocato tra inferno e purgatorio, poco più in alto del lugubre anti-inferno di Dante, lì c'è un mondo esclusivamente mio, dove puoi trovarmi leggiadro, solitario e indemoniato. Lì c'è la mia realtà, il mio tutto, fatto di cose in opposizione tra loro. Se vorrai cercarmi dovrai affrontare l'ignoto, e se vorrai prendermi dovrai farlo all'interno del tuo tempo ma al di fuori dello spazio e della realtà, lontano dalla teoria geocentrica e da quella eliocentrica.

Ho osservato una farfalla oggi. L'ho invidiata, ed ho continuato a vivere controvoglia. Ho scritto una poesia, che profuma di sentenza.

Non sono mai stato felice
provo odio & misericordia verso me stesso
e verso ogni mio simile.
voglio entrare nel "Club Of 27".
È finito il tempo di soffrire.
manca davvero poco
dopodiché sarò libero
e l'idea mi eccita.

Elvis Presley, Brian Jones degli Stones, Jimi Hendrix, Janis Joplin, Jim Morrison, Luigi Tenco, Kurt Cobain, Richard James Edwards dei Manic Street Preachers, tanto per fare degli esempi in rigoroso ordine cronologico. Hanno tutti una particolarità emblematica, vale a dire la morte, abbracciata a ventisette anni, in modalità violenta e innaturale, come l'overdose da droghe, il mix con alcool e sonniferi, il suicidio, l'omicidio o l'incidente stradale.

Da lì il nome del drappello, *Club Of 27*.

Caro A., forse mi darai del folle, ma anch'io ho questo desiderio, da troppo tempo ormai, desidero una morte *violenta e innaturale*, e l'ho già scelta da qualche anno. Il suicidio, proprio come Kurt Cobain, fratello invisibile. Ti dico questo perché a volte ho paura di non avere vita, altre lo credo fermamente, e tutto si fa chiaro, o scuro, a seconda dei punti di vista. In questo momento brucio le tappe, e quando dico *io non ho vita* ho già scavalcato il muro, e sono lontanissimo, sottoterra. *Sottoterra*, che strano effetto dirlo.

A volte non posso fare a meno di pensare che la morte sia solo il sogno lungo la via della vita. Lo trovo molto romantico, seppur tremendamente fuori luogo, in certi frangenti.

Il freddo anomalo di un settembre sotterraneo come questo pervade la mia anima tempestosa, in cui ogni emozione che provo è paragonabile ad una nuova Chernobyl. La mia figura di artista dannato assume una dimensione finalmente mitica, quasi come nel Maledettismo originale. Si denota la mia tendenza a profanare i valori e le convenzioni della società, a scegliere deliberatamente, come gesto di supremo rifiuto, il male e l'abiezione.

Divento, in tal modo, colui che sceglie la via dell'autoannien-tamento per discostarsi dai valori di una società che non lo comprende, che accetta una vita spregevole di cui si *vendica* con il vizio della carne, l'abbandono alle passioni e alle sregolatezze, grazie anche all'abuso di alcool e tabacco, con il desiderio nascosto della sperimentazione di ogni tipo di droga allucinogena. Impulsi distruttivi, attrazione per la morte e rifiuto per la società borghese sono elementi che accompagneranno la mia elisione, la mia espressione, l'esaltazione di me stesso. È il mio modo di vedermi, è un romanticismo infinito e incondizionato, che non lascia nulla al caso. Vorrei essere in riva al mare in questo momento, consapevole dell'ultimo tramonto che sarei in grado di amare, fantasticando per l'ennesima volta sulle ragioni delle sfumature tanto accese, in quel sognante pastello radioattivo. Penserei a donne e mondi lontani.

Sembra una malattia, la mia vita.

Eppure tutti mi dicono che la vivo bene, c'è addirittura chi la invidia, perché a loro dire non dovrei avere pensieri. C'è chi farebbe a cambio anche subito, così, su due piedi, contento dell'affare e convinto di averci guadagnato. Poveri illusi.

Forse sono state troppe le volte che ho sofferto, ma sono arrivato alla conclusione che tutto questo sia solo una questione di abitudine.

La morte è la cosa più misteriosa e affascinante che ci sia, nessuno potrà mai dirci in cosa consiste, cosa si prova, cosa si diventa, dove si arriva. Questo segreto la rende eccitante.

Io ho voglia di accendere un soffio di ansia nei tuoi respiri così regolari, amico mio, così come sto facendo ardere questa ennesima sigaretta nel buio dei miei pensieri, per fare luce e per godere di essa.

Se avverti anche tu questo sintomo, le mie parole avranno un peso e potranno essere analizzate in modo più razionale.

L'idea che io percepisco della morte è smarrimento della mente, così avvolgente, così disorientato e debole, che concede un bacio freddo alle tempie e un leggero soffio di calore al ventre. Un senso di abbandono forte e indomabile, una tigre d'ombra che azzanna la vista e il tatto, amplificando l'udito, distorcendo il gusto rendendolo più acre, e l'olfatto, più cupo. Senza far male.

Perdere il senso del tempo diventa prassi, quasi una liberazione, probabilmente rimane un inconscio stato di coma vigile, coscienza assopita e astratta. Il dolore diventa calore più forte, e il sangue, caldo e avvolgente, un lenzuolo rosso acceso che ripara dal gelo.

Non concepisco l'idea di morire nel pomeriggio, mi reca una tristezza infinita, ma so che Lei non segue fasce orarie. Se potessi scegliere io morirei di notte, o prima dell'alba, forse di mattina, a patto che ci sia la pioggia. Odio pensare che il sole possa immortalare la regina delle debolezze umane. Anni di vita, lunghi e affascinanti, spazzati via da un lampo di ignoto.

La cosa peggiore è lo psicodramma causato dalla non-conoscen-za, c'è chi muore con il terrore di non sapere se esistano anima, dei, inferni, paradisi, reincarnazioni o fantasmi, strane apparizioni o resurrezioni, angeli o creature demoniache. L'ignoranza promette paura, si sa, e prima o poi arriva. Io credo che non ci sia nulla al di là della barricata, nulla di cui preoccuparsi.

Moriremo in preda al panico o nella pace interiore, lasceremo solo dei ricordi che si offuscheranno nel tempo e nelle memorie, pagine bianche con inchiostro color porpora, che sbiadiranno. Perché tutto ciò che ci circonda finirà, con pessimismo e fastidio. E la verità non si saprà mai. Le nostre emozioni e le nostre certezze sono e saranno neve al sole, la morte incombe su qualunque cosa, comunque andrà Lei avrà sempre la vittoria in tasca. E ci prenderà per il culo.

Penso a tutte le persone che mi hanno creduto felice, senza conoscermi affatto, tracciando una semplice e stupida immagine superficiale intorno a me, senza il coraggio di guardare oltre. Probabilmente è proprio quella la gente per cui nutro il disprezzo maggiore. Mi chiedo il perché, in modo costante, ma in fondo ci vuole così tanto per capirmi? Il desiderio di libertà ha prevalso sulla ragione, il mio delirio radicato stabilmente nell'esistenzialismo è divenuto critico, profondo, intenso, come un colpo di coltello inferto a un organo vitale. Il cerchio della vita racchiude un po' di morte dentro sé, dopotutto, ma lo fa con cura, non risultando mai particolarmente imperfetto. E io posso rasentare la follia, divenendone parte, ma con delle gocce di lucidità, che mi rendono consapevole di identificare la bellezza e la teatralità della mia scelta. Le ho guardate insieme, le ho ammirate una per volta, ed è stato sublime, ma evidentemente non è bastato.

Nel fiore dei miei anni metterò il punto, in grande stile.

Andrò nel Paese della Morte, da eroe dannato, come i grandi del Rock, da vittima della vita, e tornerò per descriverlo, se ne avrò voglia. Come se mi regalassi a un altro angelo. Prova a emularmi, proprio tu, amato amico, almeno per una volta, ne ho bisogno.

Dopotutto l'imitazione è la più grande forma di lusinga.

Sono di fronte ad un nuovo specchio che mi riflette assente, e forse solo un miracolo potrebbe farmi cambiare idea. *Imago mortis.*

Ma il miracolo è lontano, non c'è più nulla per me in questo mondo.

Non un sorriso, né l'*amour*, soltanto pioggia e lacrime, che non mi renderanno mai abbastanza candido.

Oggi compio ventisette anni, e ho scoperto finalmente che lei non tornerà. Sento un potere ipnotico che avvolge i miei stati d'ani-mo, mi travesto da serpente e inizio a ripercorrere la mia ignara missione di killeraggio di demoni, proprio dalla fine.

Ho indotto un uomo a spararsi in testa. *Bang!* E tutto finisce in un istante. Quell'uomo sono io, e so che quell'uomo finalmente sarà libero, volteggiando nei cieli, perché non avrà paura.
Non ne avrà mai più.

Il *grunge* ha vinto di nuovo, come negli anni '90, gli anni che mi hanno visto crescere e piangere, sfiorare l'orizzonte dalla riva del mare, saltare per provare ad accarezzare il cielo blu, almeno una volta, in un'iperbole affascinante e inversa.
Fino a questa notte.
La notte.
Notte.

Addio, A., con infinito amore.

A.

20
Epilogo

Infiniti i giorni passati a cercare me stesso, e insieme, la follia che mi governava. Senza mai venirne a capo, ho vissuto lentamente, senza strafare, senza adrenalina che riuscisse a pervadere le mie vene. A volte mi guardavo allo specchio, mi ipnotizzavo e pronunciavo poche parole.

Cosa è rimasto di te?

È proprio questo ciò che cerchi?

Infinite volte non ho avuto il coraggio di rispondermi, consapevole di aver già dato la mia risposta, la mia negazione, in modo dannatamente inconsapevole. Violenta eleganza, bagnata da frasi di vita vissuta, parlò al mio posto, evitandomi tante parole inutili.

No!

Infinite volte ho sognato, arrivando a sfiorare il sogno, in tutta la sua sensualità, lasciandolo entrare dentro di me. Tutto era il nulla, e il niente era il tutto intorno a me. Infinite volte mi sono sentito immortale, nel mio inferno privato. Infinite volte ho trovato una donna in una poesia, riuscendo anche a vedere la poesia in una donna.

Ho imparato a desiderare, ad amare la bellezza e l'oscurità, a conoscere la natura e disprezzare la società, senza aver paura delle conseguenze, dell'odio o dell'emarginazione da parte degli altri.

Tutti i miei giorni formavano pensieri, e i pensieri incatenati formavano il mio sogno, fatto di enigmi e di territori da esplorare. Nell'infinito quel sogno mi invaderà, e saremo una cosa sola. Magari un giorno prossimo, o lontanissimo, sarei riuscito a essere felice, e paradossalmente, infinite volte mi sarei pentito di tale scelta.

Ho passato la maggior parte dei miei anni a rovinarmi la vita, senza fermarmi mai, a infliggermi punizioni gratuite, e immolarmi per gli altri; forse è anche per questo che mi ritrovo in un limbo di incompatibilità con le persone, senza sentimenti, senza pazienza, sempre con i nervi *a fior di pelle*, come una canzone dei Marlene Kuntz. Sempre con i pensieri schiacciati, senza avere mai la forza per affrontare le situazioni.

Ieri avevo voglia di morire, non so perché, ma sentivo una strana sensazione di abbandono, unita a una calma mentale sublime, con la candida impressione di dover vivere un giorno qualunque come l'ultimo della mia vita. Volevo solo che Lei venisse a prendermi, con dolcezza. E così, purtroppo o per fortuna, è stato.

Continuo la mia fase di rigetto, ma forse è troppo presto, ho appena varcato la soglia, avrei solamente bisogno di un po' di serenità, quella calma interiore e intellettiva che non ho mai avuto in vita mia, a parte rare eccezioni. Come posso far finire tutto questo?

Una domanda come tante, che però non ha mai avuto una meritata risposta. So che devo impegnarmi a capire un meccanismo ancora sconosciuto, la mia mente è un boomerang incandescente che torna indietro a bruciarmi l'anima troppo spesso.

Il mio desiderio saltuario della quiete, della morte, o di entrambe, era pari a quello di vivere felice, vivere imprigionato in quel modo non mi serviva, non mi sarebbe mai servito abbastanza.

Sono fatto così, da sempre. O meglio, *ero* fatto così.

Volevo scegliere tra il bianco e il nero, le vie di mezzo per me non esistevano, non dovevano esistere, le trovavo riluttanti. Kierkegaard ringrazia un nuovo immaginario adepto. Ancora una volta non riuscivo a vedere la luce del tunnel, ma avevo bisogno di farla mia e di togliermi quello smoking di spine, che faceva sanguinare ogni parte di me come la fronte di Gesù Cristo. Dopotutto, non chiedevo poi molto. Volevo semplicemente sorgere come il sole all'alba.

Polveri sottili che sussurrano piano, storie di draghi e templari, posti mai esistiti, nubi polverose. E ancora, piogge di sangue, follie individuali di un folgorante ego smarrito nell'oblio. Profumi d'e-state in giornate d'inverno, voglia di sesso in chiese sconsacrate.

La vita dispone leggi da infrangere, opposti da affiggere ai freddi muri dell'anima, per cogliere le differenze e violentare il mondo. Così il cuore si ferma come un treno alla fermata, le mani diventano violacee, le guance glaciali invocano aria blu senza trovarla.

Il tempo si placa, come il dolore, ma la libertà è vicina.

Le urla echeggiano nel buio, come una sepoltura prematura, l'idea di chiuso schiaccia i polmoni torbidi, il peso del mondo poggia sulle membra rigide, come la punizione di Atlante.

Mi sento molto Edgar Allan Poe.

Galassie lontane girano intorno a noi, alla misera atmosfera che ci lascia marcire su questa terra. Vortici di melodie che vengono da lontano implorano il ritorno del tempo perduto, come puttane isteriche. Ogni giorno già vissuto diventa una nuova vena tagliata.

Nasce così il sogno di disegnare un'orchidea, di volare lontano, privo di gravità. E allo stesso modo, volare privo di regole, di logica, senza prigionia, sussulti caldeggianti di un'anima inquieta, liberando pensieri e parole come stelle, lasciando il cuore in tempesta. È una crociata contro se stessi, contro lo spazio e il tempo, contro la natura e l'etica, contro la scienza e la superstizione, contro la guerra e la psicosi. Congetture miracolose affondano la mente e ricercano i valori, onde di oceani spargono il seme della magia, e ci bagnano la fronte per darci quiete, luce, speranza.

Un sorriso sincero.

Ho provato tutto questo, prima di morire.
Una poesia, colorata di ossessione.
È la storia di un tragico venerdì.

Era venerdì anche il giorno della mia nascita, nel 1984, dopotutto anche la vita ha il senso dell'umorismo.

Grunge (1984)

di Alessio Miglietta

10th Anniversary Edition

Sito web ufficiale: www.cielidivalium.blogspot.it

9 788898 017300